青少年求知文库
QingShaoNian QiuZhiWenKu

品味万物皆文章

张 强 编

吉林人民出版社

图书在版编目（CIP）数据

品味万物皆文章 / 张强编. — 长春：吉林人民出版社，2010.7（2021.3重印）
（青少年求知文库）
ISBN 978-7-206-06857-7

Ⅰ. ①品… Ⅱ. ①张… Ⅲ. ①散文—作品集—世界 Ⅳ. ①I16

中国版本图书馆CIP数据核字(2010)第120367号

品味万物皆文章

编　　者：张　强
责任编辑：郝晨宇
吉林人民出版社出版（长春市人民大街7548号　邮政编码：130022）
印　刷：三河市燕春印务有限公司
开　本：700mm×970mm　1/16
印　张：13　字数：110千字
标准书号：ISBN 978-7-206-06857-7
版　次：2010年7月第1版　印　次：2021年3月第2次印刷
定　价：39.00元

目　录

祈　求

林敬钧

我曾经在长城上看到一位白发苍苍的画家画鹰。在北方特有的干燥湛蓝的天空下，苍劲古朴的长城默默地蜿蜒于群山之上。画家在一块白布上泼墨挥毫。长城上的风扬起老人的白发，鼓动每一个人的衣襟。他展开那面墨迹未干的鹰旗，雄鹰起伏振翅，直欲破空而上。

阳光照在大地上，也照在猎猎作响的鹰旗上。一瞬间，我忽然感觉到一种热血冲破冰层的眩晕，一种沉淀压抑已久的力量的猛然爆发：天空、阳光、长城、老人、长风、鹰。

那不是我第一次见到鹰，却是我第一次为鹰震撼。

后来在一个偶然的机会我在峭壁上看到了鹰的巢穴。那只是一个粗陋的石坑随便地搭上几根粗树枝，其余一无所有。它深深地印在我的脑海里。不知为什么，我总觉得鹰的身上有一种冷峻而直入人心的力量。我明白鹰高傲、敏锐、凶猛、无畏，它从不躲避风雨，永不留恋巢穴的温暖与安乐。鹰是天地间飞翔的精灵。

我带一身风尘回到家乡。听说公园里来了个动物展览团，我想起了鹰，于是我去了。

从羽毛的颜色和体形可以看出：那是一只已经苍老的鹰和一只年轻的鹰。鹰架距我不到三米。那只苍老的鹰的羽毛零乱而支棱突兀，腿上有一根粗大的铁链，它埋头翅间。那只年轻的鹰目光迟滞，仿佛在看什么，又什么也没看到。

一个小孩，忽然放肆地把手中的香蕉皮扔向那只埋头的鹰。他一定不知道他干了一件多么愚蠢的事，因为他还在得意地笑。那只鹰猛地昂起了头，有力的颈部弯曲成了一个矫健而凶猛的弧度。我看到它眼中凌厉地闪过什么，它闪电般地直掠下来。

然而那长不足一米的铁链狠狠拽住了它，它猛然回坠，被倒吊在高高的鹰架上，晃来晃去。那年轻的鹰展了展翅以便站稳，它冷漠地看了看脚下的同伴，又把茫然的目光投向远方。

那个被吓呆的小孩这时才清醒过来，悻悻地抓起一把泥沙朝那倒吊着的鹰恶狠狠地扔去，又嘿嘿地笑起来，一边捡石块，一边大声地骂。那只苍老的鹰耸着翅，挣扎着，发出一串低沉的鸣音。它的声音在颤抖。我分明感到一种苍凉而强烈的悲怆冷冷地漫过心头。我愤怒地拦住那个小孩，叫他滚！

鹰渐渐停止了挣扎，静静地倒吊在高高的鹰架下。利爪笔直地伸向天空——那里曾是它的家园、梦想、荣耀和骄傲。四下沉闷，天地间只有蝉在不停地叫。

我不知道鹰是否会流泪。

那夜我在山顶坐了很久。天上有月，月旁有星；山顶有风，山脚有楼。我在山顶大梦一场，一颗泪珠从天上落到我的手上。

清晨我再去看那两只鹰的时候，苍老的鹰依然倒吊着，只是刚刚死去。喂鹰的人说，野生的鹰是没法养活的——它不吃东西。他告诉我那只年轻的鹰是人工孵化的。

天空是蓝色的，一切都很安静。我想起北方的天空、阳光和鼓动衣襟的长风，想起伤痕累累的长城上那面猎猎的鹰旗。我不知道那只年轻的鹰在寻找什么，但我想那一定是一只被束缚的鹰对祖先血脉相承的东西的渴求——它一生未曾飞翔。

我知道鹰的灵魂在天上。我祈求世上善良的人们，给鹰一颗翱翔的心，让高飞的灵魂永不沉沦。

莲恋莲

◎ 余光中

身为一半的江南人，第一次看见莲，却在植物园的小莲池畔。那是 10 月中旬，夏末秋初，已凉未寒，迷迷蒙蒙的雨丝，沾湿了满地的香红，但不曾淋熄荧荧的烛焰，那景象，豪艳之中别有一派凄清。那天独冲烟雨，原要去破庙中寻访画家刘国松，画家不在，画在，我迷失在画中，到现在还没有回来。

没有找到画家，找到了画，该是一种意外的发现。从那时起，一个绰约的意象，出现在我的诗中。在那以前，我当然早见过莲，但睁开的只是睫瓣，不是心瓣，而莲，当然也未曾向我展开她的灵魂。在那以前，我是纳息塞斯，心中供的是一朵水仙，水中映的也是一朵水仙。那年 10 月，那朵自恋死了，心田空廊者之久，演成数重沙草，万顷江田。那天，苍茫告退，嘉祥滋生，水中的倒影是水上的华美和冷隽。

对于一位诗人，发现了一个新意象，等于伽利略的天文望远镜中，泛起一闪尚待命名的光辉。一位诗人，一生也只追求几个心中的意象而已。塞尚的苹果是冷的，凡高的向日葵是热的，我的莲既冷且热，宛在水中央。莲有许多小名，许多美得无与伦比的联想。对我而言，莲的小名应为水仙，水生的花没有比她更为飘逸，更富灵气的了，一花一世界；没有什么花比莲更自成世界的了。对我而言，莲是美、爱和神的综合象征。莲的美是不容否认的。美国画家佛瑞塞有一次对我说："来台以前，我只听说过莲；现在真见到了，比我想象的更美。"玫瑰的美也是不容否认的，但它燃烧着西方的爽朗，似乎在说："Look at me!"莲只赧然低语："Don't stare，please."次及爱情，"涉江采芙蓉，兰泽多芳草；采之欲遗谁？所思在远道"，这方面的联想太多了。由于水生，她令人想起巫峡和洛水，联想华清池的"芙蓉如面"，联想来自水乡而终隐于水的西子。青钱千张，香浮波上，嗅之如无，忽焉如有，恍兮愧兮，令人神移，正是东方女孩的含蓄。至于宗教，则莲即是传统：莲径、莲台、莲邦、莲宗，何一非莲？艺术、宗教、爱情，到了顶点，实在只是一种境界，今乃皆备于莲的一身。

野菊花

◎佚　名

野菊花！漫山遍野的野菊花！

花朵不过一分镍币大小，密密匝匝，重重叠叠，织造出淮河堤畔、大别山麓梦幻般神奇的织锦。分明是太阳和月亮的灼目滚滚的合金，让造物主随意倾倒泼洒在这里，叫人心灵久久震颤。

几番秋风秋雨秋霜。山野早已敛去了辽阔的绿色，只把灰脊背露在人间；紫燕和鸿雁南飞的呼唤，杳然寂灭在江南的路上，留下了牛儿和羊儿的哞咩，在枯草败叶间低回……纵然是松柏，也已减色，纵然是檀竹也已落魄。惟独菊花，却以她野性的勇敢和进取，举起了开放的拓展和金旗，“欲与西风战一场，遍身穿就黄金甲”。

她不禁锢自己，有花就尽情地开，有香就尽情地放。这一朵迟迟不肯谢去，那一朵挣出半个脸儿就开了。从颈顶，从肋下，一下子冒出那么多花骨朵，仿佛一夜之间被风雨唤醒，一起把眼睛睁开，睁得又圆又亮，再也不想闭去。她把金子般的本色毫不掩饰地宣泄成河成瀑，又把琥珀般的药香毫无保留地聚散如云如雾。这时，假如你静下心来，你会从袅袅升腾的忽聚忽散的浓香里谛听到广东音乐《金蛇狂舞》的活泼，琵琶古曲《十面埋伏》的壮烈……

她不固守现成，匍匐的枝条看似柔弱，却从不攀缘依附。这枝被折去，更多的芽箭立即射出，迅速占领周围的地面，把墨玉般羽状分裂的叶片扩张开来，铺展如苍鹰的翼翅，拥护着黄花，风来想凌空而去，云过含不尽向往，活脱脱是一幅潘天寿和金石的《鹰瞵图》，从大别山巅挂到淮水河沿。当霜雪卷藏这幅宏篇巨构时，她的宿根却在这片沉重而冷静的土地下酝酿谋划，将屈原“上下而求索”的浩歌凝结在心，待时而发。今年崖头岭上的几株，明年一定要发展成几簇；今年篱前坎下的几丛，明年一定要繁衍成龙。星散的要聚集；成块的要连片。然后，在荒滩坡，在贫瘠却是自由的土地上，左冲右突，向四面八方扩张，挺进，步步为营，为营步步。不知是山野滋育了她的野性，还是她的野性诱发了山野的野味野情。

这是怎样的一种野性啊！而这野性美的烛照天地的光芒，投射在它开放的姿态和拓展的行动中，于生命的运动里发现自我。表现自我，实现自我，教人体味出一种人生境界，故久久的震颤回荡在心……

荷叶咏

◘ 郑伯琛

阵阵沁人心脾的清香从湖上飘来，愈往前走便愈分明地看出湖上的那一片墨绿。到了，荷花洲！

首先映入眼帘的是星罗棋布亭亭玉立的荷花，粉荷垂露，盈盈欲滴；白荷带雨，皎皎无瑕；怒放的，嫩蕊摇芳；含苞的，娇羞欲语；再加上绿盖叠翠、青盘滚珠，好一幅迷人景色！

我在一块大青石上坐下。凝神思索，古人许多咏荷的诗句纷至沓来……爱国诗人屈原在《离骚》中幻想“集芙蓉以为裳”，魏晋时曹植以荷花的美形容过他理想中的洛神：“迫而繁之，灼若芙蓉出绿波。”白居易则描绘了荷花不枝不蔓，不容亵玩的品格：“蔷薇带刺攀应懒，菡萏生泥玩亦难。”另外，不少诗人或取其清新，或取其艳丽，写过许多秀丽如画的佳句。

忽然，一阵凉风吹来，一阵清香袭来，田田荷叶轻轻摇动，把颗颗珍珠倾入湖中。我的联想中断了。看着眼前的景色，一个奇异的念头油然而生，而且夹杂着一丝隐隐的不平之气。我大胆设想：如果去掉荷叶，只留下一枝枝光秆儿荷花，茕茕孑立，景色还能这样迷人吗？从美学意义上讲，荷叶是美的一个组成部分，失去了这部分也就失去了美。再从生物学意义上看，没有叶子，便不能进行光合作用，便绝对长不出这些漂亮的荷花以至莲蓬和藕。难道那些荷叶就不值得歌颂吗？难道它们只能作为一种陪衬出现在古人的诗中吗？

是啊，这些荷叶，墨绿、浑圆、厚重，多少年来默默无言地居于人们强加给它的陪衬地位，上催芙蓉赤，下助玉藕白。盛夏时候，它们从不与人争风，反而像把团扇把阵阵清风送来。这是一种多么朴实无华的品格！它们又是无私的，久旱初雨，它们一点一滴都不沾唇，而总是小心地把水保存起来，那该是留给湖中鱼儿的吧！当风雨袭来时，它们紧密团结，连成一片，不怕风吹雨压，就是身子翻过来也忘我地护持着朵朵荷花；当烈日吐水时，它们个个撑起翠盖，挡住炎热，静静地看着阴凉处的鱼虾游戏。它们襟怀坦荡，外直中通，日月都能囊括在心中，当人们把荷叶从茎部掐断时，千丝万缕连着根，那是它们不忘湖塘养育之恩的证明。

荷叶对人类是很有益处的，作为药材，它可以去热清火；

作为特殊的包装材料，它不怕水浸。另外，荷叶煮成的荷叶粥，碧绿馨香，清爽可口，……它本身有用，而且帮助生长了于人类有用的莲蓬和藕。它本身美，而且创造了荷花的美。但最吸引我的不在这些，也不在荷叶的自然。最吸引我的是荷叶的精神美。

我爱荷叶，故作荷叶咏。

昙　花

◘ 尤　金

只看过一次昙花的开放；那种感觉，凄美而壮烈。

一共五盆，排在大厅的一旁。

圆筒形的主枝，傲然直立。分枝多，呈叶状形，枝上巍巍然地挂着即将灿烂地开放的花蕾。

我和朋友，坐在厅里，喝茶、谈心。

荷原本是甘醇的，话原本是投缘的，但是，今晚，整颗心，都去了昙花那儿，心情有点儿焦躁，有点儿兴奋，又有点儿不安。所以，入口的茶，变得无味；入耳的话，变得单调。有一句、没一句地聊着、聊着。最后，索性闭口不语。

等。

在全然的寂静中等。

子夜过后，还是完全没有动静。

意识渐渐地陷入半朦胧的状态中，忽然，响起了一种很轻微、很轻微的声音："啪啪啪、啪啪啪。"好像蝴蝶振翼欲飞时所发出的声响。迅速睁开眼睛，盆里的昙花，灿烂地、绚丽地、快活地、无羁地开放了。

花，很大很大；色，非常非常白；味儿呢，浓郁强烈。

我看、我闻、我惊叹。

立在枝上的昙花，顾盼生姿，得意非凡。

它尽情地享受人间蜂拥而来的爱。

然而，就在"旖旎风光无限好"的时刻，鸡啼声起，它大量到来。不作无谓的留恋与挣扎，它速速萎谢。

众人齐声叹可惜。

独我，羡慕它。

它辉煌而来，辉煌而去。

生命最短，不曾浪费一点一滴。

红 柳

许一青

在塔克拉玛干大沙漠的中部偏西，由南向北，有一条沙漠古道，全长500余公里，纵贯塔克拉玛干中西部，从和田直通到阿克苏。这条古道上没有集镇，没有驿站，荒绝人烟，是世界上最荒凉的地方。

那年冬天，我们农场有三个青年，受强烈的好奇心驱使，步行走过这条漫长的古道。时间和空间在这里已全部凝固。满眼是沙。满世界是沙。鸟兽绝迹，驼马遁形，上帝在这里创造着永恒的死亡。但有生命在这死亡的绝地上生存，这就是一千年不死，死了一千年不倒的红柳树。那一株株、一排排、一簇簇的红柳树，顽强地向沙漠深处延伸。更有那一大片一大片星罗棋布的红柳包，拱卫在古道两面，向无尽的前方铺展。就是古道前方那层出不穷的顽强遒劲的红柳树，吸引着三位青年排除寂寞，克服疲劳，艰难地向前跋涉。他们走了整整 15 天，终于走到了阿克苏。

那年，我游兴大发，骑一峰骆驼，从农场出发，顺克里雅河沿岸而下。我发誓要走到克里雅河下游的终点。傍晚，我走到一个名叫“三角湾”的地方歇下，准备在此夜宿。在三角湾以南的大片平原上，无边无际地长满了高高矮矮畸形扭曲的红柳树。这里真是一片红柳的世界啊！入夜，刮起了一场少有的特大风沙，我急忙钻到骆驼身下畏畏缩缩地躺下。

早晨，风沙停息，我从骆驼身下钻出，不由惊叫出声：昨天，我的身前分明是一片无边无涯的红柳树，如今却覆满了厚厚的沙丘！我的骆驼正站在两座沙丘的夹缝里——夜里若不是骆驼的保护，我可能已被沙土掩埋！我惊异风沙造成的沧海桑田。我的一应“辎重”：被褥、吊锅和干粮，早已不翼而飞——不是被沙土掩埋，就是被暴风卷向了天边。因此，我不得不原路返回农场。

为了圆我的旅游梦，时隔两年，我又骑一峰骆驼，顺克里雅河沿岸而下。我又来到了三角湾。我惊呆了，我简直不敢相信自己的眼睛：两年前，一夜暴风沙曾掩埋了这里大片的红柳，而今这里形成了一大片密密集集的红柳包，红柳包上密生着坚硬、笔挺、修长的红柳枝条，枝条上密如松针的绿叶使一座座红柳包显得葱茏灿烂，生机盎然，这里已成了美丽的绿色世界！这是令人难以置信的奇迹，它就发生在我的面前！红柳，竟有如此强韧的再生能力，竟有这么强大的伟力，它能使沙漠变成绿洲！

如今，我从新疆迁回江苏已有 20 年，但红柳的姿影仍鲜活地闪亮在我的面前，激励我坚忍不拔、顽强进取……

落　叶

◎王　蒙

人说自己的作品是结成的果实，我却觉得我的作品像一片片落叶。一年年落叶。一阵阵落叶。

春天，叶芽萌发，渴望生长，汲取养分，迎接阳光。夏天，日趋丰满，摇曳自语，纷披叠翠，自在茁壮。而小树成为大树、老树就靠了这些树叶而呼吸，而做梦，而伸展自己的向往。

等到秋天，一片树叶又有一片树叶犹豫不决地与树干商量：我完成了么？我可以走了吗？我渴望乘风飞去，海阔天空，被心爱的知音拿去珍藏。我又怕我们去了，使母亲树干凄凉。

树干说：去吧，去吧。我已经尽到了我的力量。你们是无法挽留的啊，纵然与你们告别使我神伤。你们应该去接受命运的试量。

一片又一片的落叶落下了，它们曾经是树的，现在也还是树的，却又不是树的了。

它们是它们自己。是树的过往的季节，过往的尝试，过往的儿女。又是大地的新客人，新的星外来客，新的友人。

它们也许因陌生而受疑惑的冷眼。它们也许因平凡而受不经意的遗忘。它们也许被认为枯干而被一根火柴点燃，点燃中发出短暂的烟和光。它们也许被认为美丽而藏在情人的心上。它们也许跌入烂泥而遭受践踏，终于肥了土地。它们也许被一阵大风吹入异乡。它们也许进了科学家的实验室，做成切片，浸入药液，再放到显微镜下观察分析。而过多的树叶也许会引起清洁工的烦腻，用一柄大扫帚通通地把它们扫到大道旁。

太多的树叶会不会成为自己的负担呢？太多的树叶会不会使树干弯腰低头，不好意思，黯然神伤？太多的树叶会不会使树大发奇想：我为什么要长这么多的树叶呢？它们过分地消耗了我的精力和思想。如果在我这棵树上长出的不是平凡的树叶而是匕首、外汇券、奶油或者甲鱼，是不是能够派更多的用场？

树不会愿意处在自己落下的树叶的包围之中，树不会愿意再看自己早年落下的树叶。树又不能忘怀它们，不能不怀着长出新的树叶的小小愿望。

1988 年秋 10 月在苏州，我问陆文夫兄：“当你看自己的旧作的时候，你有什么感想？可像我一样惆怅？”

他回答说：“我根本不敢看哟……”

落叶沙沙，撩人愁肠。

乌　鸦

◎　（日本）冈本太郎

一看到飞翔在广阔蓝天上的鸟儿的身影，我会因其姿态优美而感动，同时也感到些许无可名状的悲哀。鸟儿遭受着风雨的袭击，它们在大自然的变幻无常中毫无依靠。

我饲养了一只乌鸦。它漆黑的形体愈发令人产生悲哀感。所有的鸟儿一到夜晚便会从这个多彩的世界中消失，而黑乌鸦隐藏在夜色之中，就更为可悲了。

我压根儿就不太喜欢饲养动物。有的动物对人类过于驯服，只是供人玩赏，这种动物不免令人生厌。它们为人而生，擅长摆出种种博人欢心的姿势，宛如人中的卑劣之辈。

然而，我这只乌鸦虽然对人相当驯服，却也毅然地与人相抗衡，令人感到它坚持着自己鲜明的立场。它在得到宠爱时坦然受之，决不谄媚。这对我极具吸引力。

我是去长野县户仓游园地塑造纪念碑时见到了这家伙的。起初它对我露出敌意，张开红红的大嘴，直到可以见到喉咙，它令人生厌地呱呱啼叫着，形象极其凶猛。

不过，它的走相倒是很滑稽的。它以一种奇怪的姿势张开翅膀，然后以逗人发乐的样子一蹦一蹦地跳跃着行走。这乌鸦老是有点儿鄙视人。

乌鸦凝神不动的时候，使人感受到一种高贵的悲哀。

有时，它蓦然挥动嘴巴，令人吃惊地猛烈啄咬。无意中恢复了生物间残酷争斗的架势。这会使人产生某种心心相通的共鸣——即使是人类，即使是男女之间，也会这样的，这是斗争。

我对乌鸦反倒产生了友情。我把它带回了家。把它翅膀上的翎毛剪短，无需担心它会飞走。但它毕竟是鸟，有登高的习性，常常一个台阶一个台阶地往上跳。它沿着台阶跳上围墙，甚至登上晒台和邻居的房顶。但是，它若稍向低处飞落，也是颇为恐惧，它一登上攀爬的顶点，就会以恼人的喧嚣呱呱地大声啼叫。

一次，相隔好几户人家的一位邻居前来询问：

"我家客厅里飞进了一只乌鸦，是府上的吧？"

我慌忙拿着包袱布奔去捕捉。真是急煞人。家人说如此以往将会弄得四邻不得安宁了。于是，我不得不给乌鸦套上脚环，拴上链子。

乌鸦什么都要拽出来啄一下。它老是把东西弄破、打翻。与其说它是个研究家，倒不如说它是个淘气鬼，它一边猛烈地东啄西啄，一边又貌似聪明地歪头沉思。它有时像少年一般天真无邪，有时又像中年妇人一般异常沉静。那乌鸦对我极其依恋，我一走进院子，它就“呱呱”的啼叫，一跳一跳挨近我的身旁。我与客人谈话时，它就用嘴呼呼地敲击玻璃窗，催促着我要跟它嬉戏。

我抚摸它的脑袋，胳肢它的喉部和胸脯，于是，它就装模作样地张开翅膀，高兴地翻起白眼，抖动着身体。

我因滑雪骨折。在庆应医院住了一段时间，绑好石膏后暂时出院。我拄着拐杖回到小别的家中。我想看看乌鸦，来到院子里。可它一反常态，一见我便极其恐惧，露出了敌意。是不是因为我拄着拐杖蹒跚而行的步履太像它了？在家工作了一个半月，为了拆除石膏我再次住进医院，恰巧石原裕次郎先生也因滑雪骨折住院，像是与我轮换，他正巧出院，告别时，他嘱托我：“病房窗台上会有许多鸽子聚拢来，我一直给它们喂食，请别忘了替我喂喂这些鸽子。”

我在明亮的窗台旁撒些鸟食，果然，立即有鸽子成群地飞来。它们眨巴着小小的圆眼睛，畏畏缩缩地像是十分客气。稍有动静便呼地一声飞去。然后，仿佛依依不舍地又重新聚集拢来。那些鸽子因贪欲而互相争食，它们那种惊慌失措的样子显得颇为卑贱。

鸽子像戏剧中经常出现的怯懦的捕吏，摇摆着屁股，胆战心惊地一会儿跑向食饵，一会儿迅速退却。

我十分扫兴。我不想给这些家伙喂食。此后便不再抛撒鸟食了。

因此，乌鸦的崇高形象在我心中更为鲜明地浮现出来。

黄蓿菜

◘ 李树高

在茫茫无垠的渤海盐碱洼里，生长着一种名叫“黄蓿菜”的野菜，以它顽强抗碱耐涝的个性，以助人饱腹解饥的美德，赢得了碱洼人的恩爱。

久居闹市的人，对“黄蓿菜”是茫然无知的，即便在枯黄的书页中，也难查到它的名字。初夏，我出差来到被称为“不毛之地”的渤海滩海水人工养殖场参观，发现茫茫滩涂上一片片细如发丝的绿色野生植物，翠无枯叶，阵发清香，我好奇怪。经问养殖场的单场长，才知它是“黄蓿菜”的名字和它的生平。

黄蓿菜，人称碱洼一宝。它的风姿，有着独特的神韵。它既不入花圃，更不列入菜类，只是一种被人令眼瞧不起的野生土菜，只有盐碱洼的人，才深深知道它的美德和风骨。它状如山顶的马尾松枝，绿针似的圆柱形细叶儿，密集地簇拥着生长在紫色的枝茎上，再由十枝八枝不等的若干枝绿挺挺菜茎互长成一整株，煞是壮观。远视，俨如一棚翠玉石碉。好看时还是在秋天，到那时它的菜梢上顶着一朵朵米粒般的黄色花冠，渐渐花冠变成红殷殷的种子，远看恰似顶着一层被朝霞染红的宝珠，从整体看，又似片片落地的红霞，呈现出一种别开生面的风景线……

好的质地更是令人叹服。当秋后人们收获时，尽管它已失去了水的滋润，但它那朴实无华的色彩，也不会有丝毫的减淡；即使它的枝体离开了大地，它那细若钢针的叶子和坚硬的枝茎，仍是抱成一团硬挺挺的不肯分离，就算永远离开了大地母亲，它那小如碎珠的种子和紫色的枝茎，也会本色常在地伴你走过遥远的岁月……

更可贵的是，它不仅比大地的同类更充溢着强者的对抗，并以它的全身为碱洼地的平民百姓助饥饱腹，苦度灾荒。过去，盐碱地收粮少，北洼人就靠它代粮度日；它的叶子既可凉拌，也可热炒；它的种子不仅代粮，还可以榨油。真可谓“全身是宝，全身奉献”了。

然而，单场长的介绍却引起了我的怀疑，我不相信黄蓿菜竟有如此大的功能用途，我暗暗摇了摇头，被单场长看破了我的心思。中午，他特地要我们到他家做客，在丰盛的宴席上特地加了一道蒜泥麻汁凉拌的黄蓿菜，并放于席中央，在山珍海味的相衬下，显得它犹如红楼梦中的刘姥姥进了大观园，又土又俗。与我一起来的同志，都莫名其妙，瞪着可疑的目光给以藐视，甚至暗暗抱怨主人小家子气。单场长看透了我们的心情，未等第一杯酒喝干，他早已张罗着让大家尝尝家乡的“土特产”。求知欲使我抢尝了第一口。只觉清香满口，沁人肺腑，立即使我神情怡然，驱消了口干胃腻之感。其他同志，也随之消除了脸上的疑云，泛出了一种说不清道不明的神情。“什么菜这样好吃？”我不自主地问了一句。单场长不慌不忙微露笑容地说：“这就是我们碱洼的黄蓿菜！”直惊得众人目瞪口呆，万没想到不毛之地竟生长如此好吃的菜！接着，单场长又借题发挥：“大家要知道，黄蓿菜别看土，可是我们盐碱洼的‘救命菜’，过去北洼人全靠它充饥度荒！世世代代它不知救了多少人性命！现在人们生活提高了虽不以它代粮了，但对吃腻了山珍海味患有腐肠败肚的人来说，经常吃点还是大有好处的，它不仅可以帮你理肠顺胃，还能消炎解毒，化灾除病。”

单场长的话引起大家一阵沉默。我听了后，感到心在颤动！我默默凝视着粗俗清淡的黄蓿菜，噏吟着它的名字在暗赞叹：黄蓿菜啊，黄蓿菜，你栖身不毛之地，发清香供食用为美德，生苦境志不移为气节；任碱浸不俯仰随俗转，弃富地受苦情而自得；像北洼人一样朴实无华，忠于故土，可算得碱洼之宝！难怪北洼人对你如此恩爱，原来你与盐碱洼的故土和人民紧紧联系在一起！

寂寞红柳

◎ 山 谷

车一过托克逊，就进入了塔克拉玛干大沙漠，除脚下一条黑色的柏油路，两旁和天尽头都是浩瀚无际的黄沙，近处是黄褐色的块状戈壁，稍远处是连绵起伏的沙丘，弥漫着没有任何生命迹象的一片死寂。汽车朝瀚海深处驶去，临近塔里木河流域，蓦地钻出一株两株、一丛两丛胡杨林，枯槁的树干和顶端的新绿，在荒漠中出现一片片绿阴，让人眼睛为之一亮，瞪大双眼仔细观察，还见匍匐在沙丘的地表上有一层翠色，车渐渐驶近，方辨识出那是一丛丛蓬勃的细柳一般的植物，中间蓬松起嫩紫的新红，像姑娘脸上刚刚洇开来的胭脂痕。

同行的新疆朋友告诉我们，这是红柳。

端详这在大漠荒野中也不失昂扬的一份笑意，禁不住怦然心动，一股热流在胸中回荡，久久难以释怀。这一份身处险恶环境中的自在、散漫同时不失美好的生命，兀地让人想起刑场上的视死如归，想起身处绝境之中的从容镇定，想起蛮荒之远的处变不惊，也让人联想起壮汉胸前素手的抚摸，想起干涸心田清泉的滋润……

我不知道有无关于红柳的民间传说，如果依我猜想，她该是侠骨柔肠的女子宁死不屈的灵魂的再现，她要在这天地之间留下她的凄清哀婉，她的绝唱，在甩下一串潇洒和浪漫后，昂起头嫣然一笑，毅然决然地走向天涯，走向大漠深处，她依旧年年岁岁开花，在蓝天旷野中，在无人注目欣赏的孤城绝域，以自己的一腔浓情照耀天地，将微笑将柔情留存在天地方圆之中。

我看见了红柳的妩媚，那一抹于深绿丛中散发出来的美丽，粉紫的细细的叶子，衬出柳枝的翠绿和旷野的落寞，那一份顽强、专注，让每一个多看它两眼的人生出无限的爱怜和敬意。她把她的惊人的美丽和执著、倔强留在这天地之间，宁愿与大漠瀚海相伴，也不在繁嚣的江南内地水草丰茂之处流连，那儿有着太多的是非和说不清道不明的拉拉扯扯，有太多的勾心斗角和朋比为奸，只是为了占有一丁点的蝇头微利，一丁点的风光名头，从而搅得内心不得安宁。在这个世界上，没有比心灵的安静使人更为高贵和脱俗的了。红柳安心在这寂寞之中。

这荒漠瀚海，可是红柳们的天地啊，她的微笑，她的爽朗，她的高傲，是天地之间的另一种颜色和性格。

天山向日葵

◎ 张抗抗

从天山下来，已是傍晚时分，阳光依然炽烈，亮得晃眼。从很远的地方就望见了那一大片向日葵海洋，像是天边扑腾着一群金色羽毛的大鸟。

车渐渐驶近，你喜欢你兴奋，大家都想起了凡高，朋友说停车照相吧，这么美丽这么灿烂的向日葵，我们也该作一回向阳花儿了。

秘密就是在那一刻被突然揭开的。

太阳西下，阳光已在公路的西侧停留了整整一个下午，它给了那一大片向日葵足够的时间改换方向，如果向日葵确实有围着太阳旋转的天性，应该是完全来得及付诸行动的。

然而，那一大片向日葵花，却依然无动于衷，纹丝不动，固执地颔首朝东，只将那一圈圈绿色的蒂盘对着西斜的太阳。

它的姿势同上午相比，没有一丝一毫的改变，它甚至没有一丁点儿想要跟着阳光旋转的那种意思，一株株粗壮的葵杆笔挺地伫立着，用那个沉甸甸的花盘后脑勺，拒绝了阳光的亲吻。

夕阳逼近，金黄色的花瓣背面被阳光照得通体透亮，发出纯金般的光泽。像是无数面迎风招展的小黄旗，将那整片向日葵地的上空都辉映出一片升腾的金光。

它宁可迎着风，也不愿迎着阳光么？

呵，这是一片背对着太阳的向日葵。

那众所周知的向阳花儿，莫非竟是一个弥天大谎么？

究竟是天下的向日葵根本从来就没有围着太阳旋转的习性，还是这天山脚下的向日葵忽然改变了它的遗传基因，成为一个叛逆的例外？

或许是阳光的亮度和吸引力不够么？可在阳光下你明明睁不开眼。

难道是土地贫瘠使得它心有余而力不足么？可它们一棵棵都健壮如树。

也许是那些成熟的向日葵种子太沉重了，它的花盘，也即脑子里装了太多的东西，它们就不愿再盲从了么？可它们似乎还年轻，新鲜活泼的花瓣一朵朵一片片抖擞着，正轻轻松松地翘首顾盼，那么欣欣向荣，快快活活的样子。它们背对着太阳的时候，仍是高傲地扬着脑袋，没有丝毫谄媚的谦卑。

那么，它们一定是一些从异域引进的特殊品种，被天山的雪水滋养，变成了向日葵种群中的异类？可当你咀嚼那些并无异味的香喷的葵花子，你还能区分它们么？

于是你胡乱猜测：也许以往所见那些一株单立的向日葵，它需要竭力迎合阳光，来驱赶孤独，权作它的伙伴或是信仰；那么若是一群向日葵呢？当它们形成了向日葵群体之时，便互相手拉着手，一齐勇敢地抬起头来了。

它们是一个不再低头的集体。当你再次凝视它们的时候，你发现那偌大一片向日葵林子的边边角角，竟然没有一株，哪怕是一株瘦弱或是低矮的向日葵，悄悄地迎着阳光凑上脸去。它们始终保持这样挺拔的站姿，一直到明天太阳再度升起，一直到它们的帽檐纷纷干枯飘落，一直到最后被镰刀砍倒。

当它们的后脑勺终于沉重坠地，那是花盘里的种子真正熟透的日子。

然而你却不得不也背对着它们，在夕阳里重新上路。

天山脚下那一大片背对着太阳的向日葵，就这样逆着光亮，在你的影册里留下了一株株直立而模糊的背影。

啊，春天

◎ （埃及）艾哈迈德·艾敏

啊，春天！你惠临大地，万物的生命也随你一起来到人间：花草萌芽生长；树木抽叶开花；斑鸠鸣唱；鸽子咕咕；羊儿咩咩；树上的枝条随风摇曳。

万物皆感受到生命的回归，充满了生命之火，世间处处生机盎然。倘若时光是一具躯体，那么你便是它的灵魂；倘若时光是一生的寿命，那么你便是其中的韶华青春。在你到来之前，夜晚侵占了白昼，掠走了白昼的一段时光，并将其染成了黑色。如今你惠临耀眼明亮的白昼，端坐于自己的王位之上，公正地履行着自己的职责。于是，挥手将侵入白昼的夜色缓缓退去，令白昼与夜晚平分你的春色。

啊，春天！你成功地将太阳变作一位编织巧匠和刺绣大师，编织出世上最美丽的花园与最绮丽的锦绣，描绘出世上最绚丽的画卷和最瑰丽的图像。于是，整个世界骤然变得万紫千红。宛如一幅光彩夺目的精美画卷。最伟大的艺术家想创作一幅相似的作品与之媲美，却没有成功；最高明的画家想照它摹绘，却显得力不从心。

你创造了世上的绚丽多彩与姹紫嫣红，用你的纤纤细手摇曳着树枝迎风；你将山川入画，编织出河山锦绣；你使百花菲菲，争妍斗艳，美不胜收；你绘出了山明水秀，风月清幽，使风光旖旎，美好无限。你创造了如花似锦的大自然，使整个世界变得令人赏心悦目：碧绿的树叶簇拥着洁白的花朵；黑色的光波在黄色和白色的花朵之间若隐若现。各种各样的几何图案令人心旷神怡，惊叹不已。

你不仅使整个世界变得令人赏心悦目，亦使它变得令人赏心悦耳。鸟儿望见你在大地上绘制的锦绣，不由得牵动起心中的幽思，遂亮开歌喉，共唱一曲各种音调组合的大合唱。听，夜莺在欢快地歌唱；鸽子在悲怆地啭鸣。

这世界原本似一位口齿不清、木讷寡言之人，在你明媚的春光里，它却变得能言善辩、口若悬河；它原本似一位充耳不闻的聋子，你的美姿却令它开口说话；它原本是欲言不能的哑巴，你绮丽的景色却令它大为愕然。于是它结识了你手下由柏树和其他高耸入云的大树所组成的演说家们。当它唱起歌，便将人们心中的幽思牵动，将美好意义的启示传递给人们。于是，诗人们豪情大发，描写它的诗歌奔涌而出。他们为它的哭泣而悲伤，为它的欢乐而歌唱。

啊，春天！你以你那芳香四溢的花朵和沁人心脾的果实使空气中充满馨香。人们担心你的馨香会消失。于是，他们便苦思冥想，探索如何保存你的馨香。人们从你的花朵中提取香精，以便在你离去之后享用。他们发现了麝香和龙涎香，遂精心地进行熏蒸和提炼，作为你那天然馨香的仿制品，将其涂抹在自己身上，以缅怀你的馨香。

你的温度适中，既不似冬天那般酷寒，也不似夏日那般炎热。就像你留在人间的一切那样，你的气候也是那样美好。

但愿四季的时光皆是春天。那样人们才能尽情地享受和体味到美。从而使源于他们身上的一切皆为美好，而无丝毫的丑陋；皆为善良，而无丝毫的邪恶。

世上有什么美德和真理可与春天媲美?!

西溪的晴雨

郁达夫

西北风未起，蟹也不曾肥，我原晓得芦花总还没有白，前两星期，源宁来看了西湖，说他倒觉得有点失望，因为湖光山色，太整齐，太小巧，不够味道，他开来的一张节目上，原有西溪的一项；恰巧第二天又下了微雨，秋原和我就主张微雨里下西溪，好教源宁去尝一尝这西湖近旁的野趣。

天色是阴阴漠漠的一层，湿风吹来，有点儿冷，也有点儿香，香的是野草花的气息。车过方井旁边，自然又下车来，去看了一下那座天主圣教修士们的古墓。从墓门望进去，只是黑沉沉，冷冰冰的一个大洞，什么也看不见，鼻子里却闻吸到了一种霉灰的阴气。

把鼻子掀了两掀，耸了一耸肩膀，大家都说，可惜忘记带了电筒，但在下意识里，自然也有一种恐怖，不安，和畏缩的心意，在那里作恶，直到了花坞的溪旁，走进窗明几净的静莲庵堂去坐下，喝了两碗清茶，这一些鬼胎，方才洗涤了个空空脱脱。

游西溪，本来是以松木场下船，带了酒盒行厨，慢慢儿地向西摇去为正宗。像我们那么高坐了汽车，飞鸣而过古荡，东岳，一个钟头要走百来里路的旅客，终于是难度的俗物，但是俗物也有俗益，你若坐在汽车座里，引颈而向西向北一望，直到湖州，只见一派空明，遥盖在淡绿成阴的斜平海上；这中间不见水，不见山，当然也不见人，只是渺渺茫茫，青青绿绿，远无岸，近亦无田园村落的一个大斜坡，过泰亭山后，一直到留下为止的那一条沿山大道上的景色，好处就在这里，尤其是当微雨朦胧，江南草长的春或秋的半中间。

从留下下船，回环曲折，一路向西向北，只在芦花浅水里打圈圈；圆桥茅舍，桑树蓼花，是本地的风光，还不足道；最古怪的，是剩在背后的一带湖上的青山，不知不觉，忽而又会得移上你的面前来，和你点一点头，又匆匆的别了。

摇船的少女，也总好算是西溪的一景；一个站在船尾把摇橹，一个坐在船头上使桨，身体一伸一俯，一往一来，和橹声的咿呀，水波的起落，凑合成一大又圆又曲的进行软调；游人到此，自然会想起瘦西湖边，竹西歌吹的闲情，而源宁昨天在漪园月下老人祠里求得的那枝灵签，仿佛是完全的应了，签诗的语文，是《鄘风·桑中》章末后的三句，叫做“期我乎桑中，要我乎上宫，送我乎淇之上矣”。

此后便到了交芦庵，上了弹指楼，因为是在雨里，带水拖泥，终于也感不到什么的大趣，但这一天向晚回来，在湖滨酒楼上放谈之下，源宁却一本正经地说："今天的西溪，却比昨日的西湖，要好三倍。"

前天星期假日，日暖风和，并且在报上也曾看到了芦花怒放的消息；午后日斜，老龙夫妇，又来约去西溪，去的时候，太晚了一点，所以只在秋雪庵的弹指楼上，消磨了半日之半。一片斜阳，反照在芦花浅渚的高头，花也并未怒放，树叶也不曾凋落，原不见秋，更不见雪，只是一味的清明浩荡，飘飘然，浑浑然，洞贯了我们的肠腑，老僧无相，烧了面，泡了茶，更送来了酒，末后还拿出了纸和墨，我们看看日影下的北高峰，看看庵旁边的芦花荡，就问无相，花要几时才能全白？老僧操着缓慢的楚国口音，微笑着说："总要到阴历十月的中间；若有月亮，更为出色。"说后，还提出了一个交换的条件，要我们到那时候，再去一玩，他当预备些精馔相待，聊当作润笔，可是今天的字，却非写不可，老龙写了"一剑横飞破六合，万家憔悴哭三吴"的十四个字，我也附和着抄了一副不知在那里见过的联语："春梦有时来枕畔，夕阳依旧上帘钩。"

喝得酒醉醺醺，走下楼来，小河里起了晚烟，船中间满载了黑暗，龙妇又逸兴遄飞，不知上那里去摸出了一枝洞箫来吹着。"其声呜呜然，如怨如慕，如泣如诉，余音袅袅，不绝如缕"，倒真有点像是七月既望，和东坡在赤壁的夜游。

凝望红海滩

◎ 王本道

早听说在双台河的入海口处，每当海潮退去之后，会出现一片奇异的景观——红海滩，只是很长一段时间，我并没有去理会。印象的底版中，它似乎只是近于夕阳之中的枫林或经霜之后的西山红叶吧。然而几年前，当我真的与红海滩晤面时才如梦方醒——湛蓝湛蓝的天幕之下，那片坦荡无垠的玫瑰红，红得那么娇艳，那么剔透，那么珠光闪烁。放眼望去，那红还无休止地向着天边和大海延伸着。这生命之血的红啊，红出一种燃烧之美、青春之美、生命之美。刹那间，说不清我的心是收缩了还是放开了，我仿佛变得很小很小，像是变成了海滩嫣红之中的一个点，又仿佛变得很大很大，大到张开双臂就可将茫茫的红海滩拥抱。

自从去了一次红海滩，冥冥之中似乎总有一种声音在耳畔滚动，它从遥远的天边注入我的灵魂深处——这是来自大自然的声息，是天籁之声，还是红海滩的呼唤？

我曾向海洋科研的专家咨询过红海滩的成因，那是在海滩上大面积生长的一种植物叫碱蓬草，经过含有大量盐分的海水日复一日的浸泡，才逐渐变红的。在其他一些含碱量较大的地方，也零星生长有这种植物，只是没有形成这样大的规模又没有海潮浸泡的机遇，才没有形成这样的景观。我也曾仔细地观察过这纤细的小草，它的根扎得并不很深，但须根极多，密密麻麻地紧紧抓住海滩的泥土，这样，大海无论是惊涛拍岸还是轻柔的摩挲，它都会紧贴在那里，待海潮退去后，继续从容娴静地显露着它的殷红。我还知道了这种植物既可食用，又可药用，60年代国家经济困难时期，这碱蓬草不知拯救过多少人的性命呢！

从此，我不再流连那夕阳下的枫林，也疏淡了那西山的红叶，每有机会，便到海边，凝望那一望无际的玫瑰红。经人指点我还惊喜地发现，不仅仅在水陆边缘有这诱人的景观，乘船出海，在双台河口与渤海湾间的潮间带上，也有大面积的嫣红。在那望不到尽头的嫣红之中，常有一条条纤细的小沟，泛着金鳞汩汩流淌，恰似少女俊美的两道娥眉，更烘托出整个脸部俊美的轮廓。这一望无际的空旷之中没有花香，没有鸟语，只有点缀其间的簇簇芦苇在秋风之中诉说着它们苍凉的妩媚，就连不时掠空飞过的鸥鸟也是静静的，不出声响。极远处的海面，有三三两两的帆影缓缓驶过。与红海滩对峙的是海浪，它们喷着泡沫，绽放着朵朵银花。这一切，活脱脱是天神地母拣尽人间自然坦荡的情愫铺就而成，钟灵毓秀，风物绝顶。静静地站在它的面前，做作、矫揉、压力、限制和虚荣都会化为乌有，人变得更有生气与活力，更像一个人了。

感谢博大精深的大海。亿万斯年，大海创造了无数奇迹，就连人类也是从大海中走来的。大海是历史的化身，力量的象征，是美的创造者。面对碧沉沉的大海和横无际涯的红海滩，我陡生负疚之感。在烦躁的城市喧嚣和高楼林立的“人化自然”中，红海滩啊，你给人以千金难买的心灵抚慰！我们该怎样回报呢？

在熙熙利来、攘攘利往的世界里，也会有人对它无所用心，他们对宁静之美、自然之美不屑一顾是因为他们早已丧失了精神家园。他们另有所“醉”，诚如郭小川在诗中写到的那些“财主”和“衙役”们，追风逐潮、追名逐利的黑心人是永远也不会具有这份自然坦荡的心境的。

由此，我想起了晋代诗人陶渊明的诗：“结庐在人境，而无车马喧，问君何能尔，心远地自偏。”是啊，在这个世界上，在人的一生中，会遇到许许多多的境界，而所有的境界都是需要人用心灵去默默地体验，才会得到的。

圆明园残简

◎ 王和声

一

读圆明园，如同读一册简牍散佚的残简，断章残句，我无法标点。

她原本是一篇美文，行云流水的音律，跌宕平仄的韵脚。朗之吟之，如痴如醉。

读圆明园，如同读一串珠玑丝裂的玉链，遗珍散珠，蒙尘染垢，我捧玉心焚。

她原本是一身珠光宝气，晶莹剔透，瑞光四射。抚之玩之，如梦如幻。

雨果从巴黎圣母院走来读她，他如痴如醉了：“一个近乎超人的民族所能幻想的一切都汇集于圆明园。只要想象出一种无法描绘的建筑，一种如同月宫似的仙境，那就是圆明园。假定有一座集人类想象力之大成的灿烂的宝窟，那就是圆明园。如果不能亲自目睹圆明园，人们就在梦中看到它……”

如今我却不能读到她，不能在梦中看到她。

1860年10月的一天，雨果看到“两个强盗走进圆明园，一个抢了东西，一个放了火。在历史的面前，这两个强盗，一个叫法兰西，一个叫英吉利”。

1860年10月的这一天，简毁珠散，日月无光。

我梦中的圆明园哟，我捧玉心焚的圆明园！

二

这儿叫“大水法”，那是老佛爷给它的称呼。西洋人叫“喷泉”，一个很文明的名词。

大水法，圆明园最壮观的喷泉。那只威风凛凛的大铜狮，头顶喷出7层水帘；菊花形椭圆喷池中心的梅花鹿，鹿角喷水8柱；两侧10只铜狗从口中喷出水柱直射鹿身，溅起层层浪花；左右那两座13层的方形喷水塔，塔顶与四周88根喷管交织成网。若喷泉全部开放，有如山洪暴发，声闻里许。

当年，老佛爷坐在对面的“观水法”观赏这个奇景。英国那个“文明”的使臣马戛尔尼，也在这儿瞻仰过水法奇观。他觉得这奇观不应该在不文明的大清帝国，他觉得中国人不配享受这大水法。这大水法应该搬到英吉利去叫大喷泉，如同将香港掳掠到米字旗下，那美丽的海湾就取了那位女皇亚历山德丽娜的名字，叫做维多利亚湾。

于是英吉利开来坚船利炮就这样做了。英法联军闯入这宫廷禁地，将珍宝财物抢掠一空，焚火3天，烟尘蔽日。万园之园，顷刻化为劫灰。

如今的大水法，孤寂在一片苇丛之中。

如今的大水法，那石龛式门洞如同一颗不屈的头颅，如同一副不倒的铮铮铁骨，昂然屹立在翠绿的苇丛。

它不会流泪了，喷泉早已干涸；它不会声如山洪了，它已喉干嗓哑。

我百年蒙屈的大水法哟，我撕肝裂胆的大水法！

三

不知道应该怎样称呼你，一米见方的一尊大石雕。当年你应该嵌砌在那册简牍的哪一个部位？

无论你嵌砌在哪一个章节，无论你组合在哪一个句子，哪怕只是一个小小的标点，你都是那样的和谐，那样的完美。

我在天安门城楼上见过你，我在天坛祈年殿外见过你，还有华表，还有金水桥。你的学名叫汉白玉。

汉白玉，白如雪，洁如玉，一个多么圣洁的名字。一见到你，我就在心里呼喊，你是一位堂堂正正的中国汉子。你裂身为二，你宁为玉碎，不为瓦全。你躺在大地母亲的怀里，你仰面朝天，经受着一个多世纪风风雨雨的洗刷，仍然棱角分明。你孤身自守，展示着百年前的愤怒。

有小草与你为伴，绿茵衬托出你威武不屈的英姿。牵牛花爬进你撕裂的伤口，你就有了生命。你是一种精神，你是历史的铁证，你是中华儿女不屈的身子骨。

我摄下你的身影，我把你珍藏在我的画册里，我把你嵌砌在我这篇简牍里，你是最美的一个标点、一个句子。

我白如雪洁如玉的汉白玉哟，我宁为玉碎的汉白玉！

剑河三桥

朱 墨

诗人徐志摩曾吟得一首凄恻而绝美的《再别康桥》。“康桥”便是英文“Cambridge”的音译，现在译作剑桥。英国的剑桥与牛津并称为世界最著名的两大学院城，因此来英国旅游，剑桥镇是一个必至的景点。中国学生又素来仰慕徐老前辈的那首康桥悲吟，所以剑河泛舟便成了剑桥之行中必不可少的一项活动。大家伙儿挤上一叶轻舟，沐着两岸的一片茵绿，望着身侧的学院庄园起伏荡漾，剑河上的三座古桥相继映入眼帘，至今记忆犹新。

剑 桥

不知是此桥因城市得名，还是此城反以此桥命名，反正其中必有一段渊源。远观剑桥，是一座样式很古朴的灰黄色石桥，略有坡度，中有拱形孔洞，两侧各有一小拱。为我们撑船的是身形健硕的英国青年，凝立船头，双手持一细长竹篙，轻灵地一点一点，似乎触到了硬实的河底，小舟便缓缓前驶。我记得家乡吴地的舟子也是此般招势，异国他乡忽见此景，心中颇生亲切。待得驶近了，瞥见桥身上有极精致的雕饰，生动有趣，反映的似乎是古代欧洲的神话，或是某个家族、区域的徽饰。英国古代的建筑极专细小之处的精微雕琢，定睛凝视之时，注意力顿时分散，所以漏了此桥的建成年代，只隐约记得是中世纪的旧物。冥想之际，眼前竹篙一点，便已从桥的拱洞中穿过。

叹 息 桥

据说意大利水城威尼斯千桥之中，有一叹息桥独树一帜，桥连通当地法院与监牢，大凡有罪之人，于法院宣判之后，便得踏着这座囚笼形的叹息桥回监牢服刑，经过之时，不免仰天长叹。我们都没有沦为阶下囚的遭遇，因此这一声叹息中包含的悔恨、苦恼、绝望，我们不得而知。

可没想到，在这英国剑桥的剑河上，竟然也卧着一座叹息桥！英国的叹息桥与其说是一座石拱桥，不如说是连接两侧学院的一道拱形走廊。桥身两侧开有巨大的盾形窗户，却用窗棂密密麻麻地封着，里面着实阴森恐怖。据说两侧的高大建筑是学生们毕业考试的考场，如同两只高大奇伟的巨兽，张开森然大口，衔住这段廊桥，似乎要将不用功的学生一口吞没。我们做学生的都有深切体会，倘若一个书读得很糟糕的剑桥学生考试前或是考完试经过这座叹息桥时，身陷一片阴暗、诡异、恐怖的气氛，两腿一软，不免也会仰天长叹。其中对“书到用时方恨少”的悔恨、对毕业问题的苦恼和绝望，我辈学子自然可想而知。

数 学 桥

英国两座学院城，牛津以人文科学和神学著称，而剑桥则以物理、数学这些自然科学扬名。我曾听说两百多年前一群剑桥的数学家、物理学家闲暇之余，异想天开，在草稿纸上胡乱涂鸦，堆积了大量冗繁的数学物理公式，进行了令常人眼花缭乱的复杂计算，居然绘出了一座不用一椽、单用木条拼成的数学桥。数学桥并不只是一群书呆子的纸上谈兵，很快，这样一座桥就活生生地卧在剑河的一脉荡漾的碧水之上。这只是传闻，却没想到剑河上真的有这么一座拱桥，全由细木条拼接而成，果真不费一椽，单用锲子和钉在关键处固定。因为年代久远，桥身已显黑黄，细木条却依旧如往昔一般清瘦矍铄。单是使这座桥卧于水面之上已经不易，而这座桥竟然还能走人。如此便可见数学公式和物理公式的威力了。想必那群疯子般的科学家不知做了多少受力分析、平衡计算才得到如此成果，而且据说全桥的实际建造均由剑桥的师生完成，并非出自能工巧匠之手，这就更令人肃然起敬了。这恐怕正是英国成为欧洲近代工业革命先驱的原因吧。

水之经典

◎ 肖复兴

世上丽水秀水晶莹之水清澈之水恢弘之水浩瀚之水，多的是，在我看来，最富性格最值得一看的是这两处：都江堰和九寨沟。

看都江堰的水，看的是强悍奔腾的水如何层层叠叠化为生命的涓涓细流。飞奔如兽、桀骜不驯的江水，经过都江堰，立刻将仰天长啸变为喃喃细吟，将浪涛如山变为珍珠四溢，将凶猛如火变为柔情万缕……出宝瓶口流入内江，立刻呈现一派水光潋滟的情景，让人叹为观止，看到水的柔劲、可塑和万难不屈，常流不懈的生命活动。那是一种将绚烂归于平淡，将刚劲寓于柔顺，将一时融于永恒的生命。

都江堰看水，看的是水如何从天上流入人间，如何从神话流入现实，如何将自己化为一种哺育人类、灌溉庄园的生命。

都江堰的水，是一种入世的现实的水。

看九寨沟的水，看的是宁静的恬淡的水，如何凝聚成生命的湖泊。镜海、长海、珍珠滩……每一个湖泊都是那样清澈透明、纤尘不染。孔雀的蓝色，蓝得让人心醉，让人如同看到教堂洗礼用的圣洁露水，如同听到教堂管风琴演奏的圣母颂，而不敢有丝毫杂念俗念，懂得并真正地看到人世间居然有纯洁美好真诚和透彻的净，就在这远避尘嚣而静静地存在。

那水几乎一动不动，任外面的世界如何纷繁变幻，将污染、噪音连同人心泛起的种种污浊的泡沫一起抛向天空和大地，它独自坚持着自己的贞操，不动丝毫涟漪，不染丝毫尘俗，将水底的虬枝沉木、水藻水绵，将天上的薄云丽日、山岚清风，将身旁的雪峰幽谷、古树老藤……一一映在自己的怀中，映得那么明净，如同脱胎换骨一般，玉洁冰清，重新塑造了自己一番。尘世沾惹的世俗庸俗、风骚矫情、浪声虚名、欲火利海……起码不敢在这里抖擞，而被这水洗却大半。

九寨沟看水，看的是水如何从人间流向天上，如何从现实流向神话，如何将自己化为一种启迪人类、净化心灵的艺术。

九寨沟的水，是一种出世的艺术的水。

日本黑田孝高在《水五则》中的第一则说：“自己活动，并能推动别人的，是水。”第四则说：“以自己的清洁，洗净他人的污浊，有容情纳浊的宽大度量的，是水。”前则，可以送给都江堰的水；后则，可以送给九寨沟的水。

吐鲁番的葡萄街

◎ 许美良

吐鲁番是葡萄的故乡，葡萄街是吐鲁番的形象。到吐鲁番的人，必先到葡萄街走走。

葡萄街是南北走向贯穿吐鲁番的脊梁。与之平行的两条路，东面的柏孜克里路，西面的高昌路，算是双翼。把葡萄街拦腰裁为三截的是光明路和绿洲路，这是吐鲁番的肋骨。吐鲁番的街都是笔直坚挺的，血脉既已贯通，无需九曲小巷。要逛就逛大街。

走在光明路上，艳阳烤得人浑身灼热。一转身到葡萄街，忽然有凉爽的风拂面而过。风中含着湿润，嘴里觉得甘甜。被太阳曝晒的肌肤，毛孔扩张，如皲裂的旱地，凉风一吹，毛孔收缩，肌肤像熨斗熨过似的平展舒坦。

没等你来得及凉快到心灵，满眼的绿色已将你包围。绿叶是丝绸的墙面，藤蔓是艺术墙的线条，葡萄是立体的装饰，你这才感觉到是踏进了一条水果飘香、直径通幽的绿色长廊。准确一点说，是踩在绿色的大海上：头顶的天空是翠绿的，像披着流动的绿云；脚下的路是墨绿的光影，像踏着翻滚的波涛。

时值仲秋，葡萄已经熟透，身体中饱含的汁液即将胀裂那嫩薄的肌肤，绿中透着白，白如水晶；绿里透着红，红如玛瑙，一串串，一排排，诱得初来乍到的南方人心痒痒的。记得朱自清先生在散文《绿》中写道，杭州虎跑寺的绿壁“太浓了”，北京什刹海的绿杨“太淡了”，西湖的波“太明了”，清华园荷塘的绿则恰到好处。此时，我才感到，荷塘的绿也“太虚了”，惟有葡萄街的绿才绿得实在，绿得透心骨。葡萄架是吐鲁番人的遮阳伞，葡萄是吐鲁番人的矿泉水，若送一颗入口，像喝一勺琼浆玉液，轻轻地滑过咽喉，来不及用舌头品尝，便化作一丝甜蜜了。

葡萄街又叫青年路，据说是因为它青春蓬勃，活力四射。迎面走过来的大辫子姑娘，有的穿着富有青春气息的吊带裙，有的穿着具有民族特色的长裙，风姿绰约。在街边摆小摊的年轻人一边高唱着“掀起你的盖头来”，一边拿着小商品在兜售。尽管你一看就知道这不完全是推销商品，但还是不禁为他的热情所感染，上前把玩一件件精美的小工艺品。只要你能说一句维吾尔语“亚克西”（好），定会让小伙子高兴地把得意之作一一向你推介。吐鲁番人做生意，有如吐鲁番的大街，热情似火又笔直通达。

青年路其实是三条并驾齐驱的葡萄街。截分他们的是两条悠长的沟渠，渠里青草翠绿，葡萄虬枝交错，汩汩水流由北向南，一路欢歌。渠上小桥直径通幽，人们来去听便。你爱热闹，就走中间的一条主街；你要清静，就走两边的小街。倩女靓仔，成双结群，或徐行，或逗笑，如入无人之境；恩爱夫妻，携手相伴，或缓步，或憩息，恬然自乐。

走到文化街和葡萄街的交汇处，一股浓郁的文化气息扑面而来。吉他声悠扬入耳，寻声望去，那是爷孙俩在街边徐弹轻唱；馕饼酥香诱人，闻香睹人，那是街边小店，夫妻俩用维吾尔族独特的饮食文化表现的甜蜜爱情。小摊位上，你可以购买到珍贵的纪念品：唐仕女像、高昌石幢、回鹘公主像、民族乐器等。文化广场那铿锵的羊皮鼓、嘹亮悠扬的唢呐，各族青年欢快的舞蹈，成了一道独特的风景。

吐鲁番是大西北的缩影，走在翠色欲滴的大街，感受到了大西北深厚的历史底蕴和强烈的现代气息的猛烈撞击，惊叹于独特的自然风光和浓郁的人文景观的和谐统一。走在笔直通达的葡萄街，如同置身于祖国大西北建设的滚滚洪流。

薄饼

◘ 梁实秋

古人有“春盘”之说。《通俗编·四时宝鉴》：“立春日，唐人作春饼生菜，号春盘。”春盘即后来所谓春饼。春天吃饼，好像各地至今仍有此种习俗。我所谈的薄饼，专指北平的吃法，且不限于岁首。

薄饼须热水和面，开水更好，烙出来才能软。两张饼为一盒。两块面团上下叠起，中间抹上麻油，然后擀成薄饼，放在热锅上烙，火要微，不需加油。俟饼变色，中间凸起，翻过来再烙片刻即熟。取出撕开，但留部分相连，放在一边用布盖上，再继续烙十盒二十盒。

薄饼是要卷菜吃的。菜分熟菜、炒菜两部分。

所谓熟菜就是从便宜坊叫来的苏盘。有大小两种，六十年前小者一元，大者约两元。漆花的圆盒子，盘子上一圈扇形的十个八个木头墩儿，中间一个小圆墩儿。每一扇形木墩儿摆一种切成细丝的熟菜，通常有下列几种：

酱肘子

熏肘子（白肉熏得微黄）

大肚儿（猪的胃）

小肚儿（膀胱灌肉末芡粉松子）

香肠（羼有豆蔻素沙，香）

烧鸭

熏鸡

清酱肉

炉肉（五花三层的烤肉，皮酥脆）

这些切成丝的肉，每样下面垫着小方块的肉，凸起来显着饱满的样子。中间圆墩儿则是一盘杂和菜。这一个苏盘很是壮观。

家里自备炒菜必不可少的是：摊鸡蛋，切成长条；炒菠菜；炒韭黄肉丝；炒豆芽菜；炒粉丝。若是韭黄肉丝、粉丝、豆芽菜炒在一起便是“和菜”，上面盖上一张摊鸡蛋，便是所谓“和菜戴帽儿”了。

此外一盘葱一盘甜面酱，羊角葱最好，细嫩。

吃的方法太简单了，把饼平放在大盘子上，单张或双张均可，抹酱少许，葱数根，从苏盘中每样捡取一小箸，再加炒菜，最后放粉丝，卷起来就可以吃了。有人贪，每样菜都狠狠地捡，结果饼小菜多，卷不起来，即使卷起来也竖立不起来了。于是出馊招，卷饼的时候中间放一根筷子，竖起之后再把筷子抽出。那副吃相，下作！

饼吃过后，一碗“罐儿汤”似乎是必需的。“罐儿汤”和酸辣汤近似，但是不酸不辣，打一个鸡蛋在内就成了。加些金针木耳更好。

吃一回薄饼，餐桌上布满盘碗，其实所费无多。我犹嫌其麻烦，乃常削减菜数，仅备一盘熟肉切丝，一盘摊鸡蛋，一盘豆芽菜炒肉丝，一盘粉丝，名之曰：“简易薄”。每食简易薄，儿辈辄欢呼不已，一个孩子保持一次吃七卷双张的记录！

我爱乡居

◎ 李牧华

有一位诗人说：我从海上来，满袖都是涛声。

我也常有朋友从海上来，却从来没有听到他的衣袖里还有涛声。也许因为我不是诗人，所以没有那么敏锐的耳朵。但是家居郊外，屋靠河堤，堤上有竹林，堤外有河水，竹林里的风声沙沙，河床上的流水潺潺，却听过不少。

河堤像一条弯弯的眉，我的小屋像眉边的一颗痣，如果没有眉，这颗痣会显得无依无靠；如果没有三家村的几座小屋，河堤会显得荒凉孤单。

其实所谓河堤，并不真的是人工筑的河堤，而是一座天然的小山，同河床下流的人工堤防相连，小山阻挡了河水泛滥，产生了堤防的作用，于是不管它是不是河堤，住在这儿的人都叫它河堤。

河堤的斜坡上是一片竹林，竹林里有几棵榆树，伸枝展丫，遮盖了竹梢，显出鹤立鸡群的得意姿态。

清晨，树枝上有鸟鸣；午后，竹林里有蝉鸣；晚上，河畔有蛙鸣。生活在这儿的人，不论什么时候，每一个动作都有天然的音乐伴奏。

记得有一位作家在一篇文章上说：“台湾的鸟不语，花不香。”我相信这位作家一定是住在台北市。在台北市，看到的是高耸的洋楼，蛛网般的电线，根本看不到鸟，自然听不到鸟语。台北市早已是寸土寸金，即使有豆腐干大的一片院子，一般都铺上了水泥，偶然在阳台上种一盆花，过多的二氧化碳，使花朵发暗，叶子发黑，连新鲜都谈不到，自然不会散发香气。只有住在郊外的人，才知道位于亚热带的台湾，一年四季都有鲜花吐香，一天到晚都有鸟语不休。

我爱乡间的清晨，早上从屋子的后窗里望出去，是竹梢树影，农夫荷锄，从河堤上走过，把黑色的剪影投在窗上，窗棂切取了远山的一角，作为背景。在背景的树梢修竹、蓝天白云之间，点缀着人物，构成了一幅逼真生动的画。

我爱乡间的黄昏，晚霞染红了田野，微风吹过，秧苗摇曳，田塍上有牛在默默地啃着青草，偶然抬头，长鸣一声，是那么悠扬悦耳，这是另一幅大自然的动人图画。

太阳下山了，带着孩子，沿着野草没胫的小道散步，让晚风轻拂着发丝，让蝴蝶绕身飞舞，从缀满野花的山坡上回来，满身都是花香。

生活在乡间的人，一般都有早睡早起的习惯，我在不读书、不看电视的晚上，总是熄了灯，谛听蟋蟀唧唧，偶然有蝙蝠噗噗飞过，会自然想起“惟闻古塘里，青蛙跳水声”的诗句。在无风无云的晚上，我会拉开窗帘，想起他曾经在信上写过的两句：“明月装饰了窗子，你装饰了我的梦。”

我爱乡居，因为在乡间无需购画，有大自然的杰作供我自由欣赏。不必种花，却有四季闻不尽的花香。虽不养鸟，每天有盈耳的鸟鸣。

未名湖

贾平凹

夜本来黑得沉重，也刚刚下过雨，夜就会集中到了这里。我已说不清我是从哪一个门进来，记得当时进了北大校内往东走，又往南，又往东，凭我的感觉，犹如狗凭借着嗅觉，在这里站住了。我第一次领会了夜的真正本色，先是隐隐约约看见一层微亮，后又不可复辨，眼睛完全地无用了。这种坠入深渊般的境界急过了一刻，便出现了一种漆光，眼睛依然无用，心身却感应了。我明白这是黑的极至，黑是无光的，黑得发漆却有了光泽。湖的边沿在哪里，是圆形的，还是方形的，触摸着身边的桥栏，认作是一座汉白玉的建筑，腻得有如人脸和玻璃的紧贴，或者是少女的肤肌，身后的滴雨滑动下来，声响微妙，想象得见这滑动了很长的路线，无疑是从垂柳上下来的。夜原是为情人准备的。但今夜里没有星月，身后的树丛里也没有绰约的路灯，幻不出天的朦胧水的朦胧，又等不及漆光，爱情也觉不宜，所以已经没有一个人在这里。这倒恰好，窃喜我来的是时候。我面朝着湖的方向，回忆着某杂志上一篇关于介绍此湖的文章，说湖中是有一个岛的，湖东是有一座塔的，但现在岛上的树和东边的塔认识不出，全在漆光里。这漆光似乎很低，又似乎很高，离我很远，离我又很近，湖显得非常大。在黑色里往前走，硬硬的就是路，软软的就是路边的草，草也潮润的温柔，踏着没有一点声音。一种难得的气息拂过来，其实并不可称作拂，是散发着的，口鼻受用了，身上每一处皮肤每一根汗毛也在受用。我真感动着这一夜眼睛是多余的，心、口、鼻、耳却生生动动地变活，倒担心突然身后的树丛某一处亮一点灯，或远远的地方谁划着了一根火柴。我度过了三十个年的夜，也到过许许多多的湖。未名湖，多好的湖，名儿也起得好，是为夜而起的，夜才使它体现了好处。世上的事物都不该用名分固定，它留给人的就是更多的体验吗？我轻轻地又返回到汉白玉的建筑上，再做一番腻的触摸，在沉静里让感觉愈发饱溢，十分地满足了，就退身而去。穿过校园，北大的门口灯火辉煌，我谁也不认识，谁也不认识我，悄悄地来了，悄悄地走了。这一夜是甲子年的七月十六日，未名的人游了未名的湖。

乌篷摇梦到春江

◎ 叶文玲

四年前，在青海戈壁滩整日奔波时，被辉煌如火的大沙漠灼花了眼睛的我，曾经大发奇想：假如让富春江泻到这儿来，那该多好！

那时，我并没见过富春江，却千百次做过有关她的梦，郁达夫“屋住兰江梦亦香”的诗文和叶浅予墨韵淋漓的画卷，早把我对富春江的梦幻濡染得又浓又甜，那绿沉沉的甜梦中，总是悠荡着乡思绵绵的乌篷船。

我终于圆了梦。回到浙江仅两年，我已两次遂了与她相亲的心愿。

一是去岁金秋，一在今年暮春。两次均作陪客，陪文朋艺友遨游；一棹轻波碧水路，兴致格外高昂，只觉得不枉我作悬肠念的富春江，比梦中更俏更娇美。

两次遨游，都是旱路走，水路归。这行程颇使人得其佳妙：因为，当人迂回山间行行复行行不胜引颈张耳之苦时，突然，一条银练素带在前方闪闪烁烁起来，你兀的眼前一亮，备觉这里碧波粼粼一江水的鲜活可爱；待盼到归程荡舟起桨开始真正的春江游时，这漾波漫流的大水，更令你陶然如醉，神魂飞扬，彼时，你纵有千种愁思万般忧，也将全部消溶在这一江碧玉里。

我始想，富春江的俏，恐怕全在于江流的曲折多姿，从她与新安江、兰江的汇合处下行，越见委婉袅娜；行过淹没在水中的乌石滩，行至流急涡回的七里泷，富春江裙裾一闪，又闪出个江中之江葫芦湾。葫芦湾委实别致有趣，湾形毕肖一只毛茸茸嫩生生的青葫芦，壁立湾畔的奇岩崛石，似乎触手可及，掩映在老树青藤中的村居农舍，更添无限野趣。小船悄悄儿荡进湾来，船上人无不惊殊，若再到那流泻百尺飞珠迸玉的葫芦瀑下溅一溅，定会溅得你满身惬意。

我还想，富春江的娇，也在于她的色泽，无怪她有“第二漓江”之称。那江水，真是澄于湖海碧于天，活脱脱是天神地母拣尽翡翠绿玉铺就的。行在江上望两岸，只见千嶂染翠，峰峰岭岭尽都浓浓淡淡的绿进去；立在船头看江心，只觉水底天上的云絮，一朵朵一团团，俱是深深浅浅的绿出来，真难说是山染绿了江，还是江浸绿了山，无怪朋友们相视叹曰：喔，一到富春江，眼瞳都是绿的！

我再想，富春江的美，更在于她无与伦比的静。由于电站的建成，益发使江水浪敛波平，所以，她虽还是千重涧水汇清流，但那汇和流，仿佛都是在水底暗处悄悄儿进行的，几十里水面竟没弄出丁点儿惊涛骇浪，“临流鼓棹，帆飞若驰”的光景已不复见，那或顺流或逆水的千舟百舸，亦如动画一般悠悠来去，舒泰、自在极了。“鸥鸟亦知人意静，故来相近不相亲。”在轰轰闹闹的现代生活中，烦躁了城市的嚣音后，人们自然格外钟爱富春江这千金难买的幽静。

奇山异水的富春江，钟灵毓秀，风物独绝，而七里泷碑文荟萃的严子陵钓鱼台，尤能偏现她扬古启今的魅力。

我又想，古往今来的人对严子陵如此仰慕，大概并不在乎已成百丈悬崖的钓台当年是否真能垂钓，而是敬崇这位先贤不慕富贵不媚皇帝的傲世风骨。试想，几请不出山宁作垂钓翁的归隐客，倘使活至今日，恐怕更要与阿谀奉承趋炎附势开后门发横财之类歪风邪道绝缘；而这位敢把脚搁在刘秀肚子上午睡的严光先生和喝了高粱酒“见了皇帝不磕头”的山东好汉们的神魂，又是何等的相通相似！

哦，钓台不仅是一处风景点，更是历史老人垂落在江边的一只巨手，千年百载，以其特殊的膂力，撩拨着人们心头的重重波澜。

丰哉，富春江！乌篷摇梦梦越甜，惟愿年年得相见。

长　城

◎ 鲍　昌

因为深秋的季节已至，下山的时间已晚，我看见落日熔金，照得你如火嫣红。在猎猎西风呼刺下，砖缝间的野草开始黄枯，基石下的酸枣变了颜色。这时，听不见秋虫之低吟，却在仰天一瞥时，看到了黄云间的归鸿。

那是沿循昭君出塞的老路吗？那是飞向苏武牧羊的北海吗？在伫立的凝思中，我想象那飞鸿乃是悠悠岁月的见证。曾几何时，黑云淹没了月色，雨雪纷纷地袭来，胡马长嘶，觱篥哀鸣，狼烟在山头升起，矢刃在石间摧折；当将军战死、燕姬自刎、旌旗横倒、死尸相撑，战场上的一切声音沉寂之后，只有红了眼睛的野犬在吞噬谁家的“春闺梦里人”了。

所以我说，你是一卷凄婉的历史，长城！

于是，在人们的一种执拗的幻想里，你被建造出来。那是自我保护、自我心理平衡的幻想。墙高六七米，墙厚四五米，随山就坡，险峻万状，自渤海之滨，敻绝荒漠，蜿蜒竟达六千七百公里。戍楼高耸，斥堠连绵。你用一座座雄关，卡住咽喉古道，构成北门锁钥。这使得互市的商旅，为之蹙眉；却又使历代的皇帝心中安泰，他们自以为统治下的“中央之国”固若金汤，无求于人，万寿无疆。

所以我说，你又是民族封闭的象征，长城!

但幻想毕竟是幻想，封闭终不能封闭。几多和番公主的幽魂，带着环佩的响声在月夜中归来了。几多寒霜冻硬的弓弦，射出了断喉的利箭。蓟门被踏平，燕台被摧垮，呼啸着风声的宝剑，掀翻了太液秋波。由是人们发现：边墙不再是屏障，紫塞不再是嵚奇。它变得可笑，仿佛受尽了时间与空间的嘲弄。在风沙剥蚀下，它过早地衰老了。

所以我说，你是一个文化愚钝的标志，长城!

正因为如此吧，现在你敞开胸襟了。你毫不羞怯地迎来了四面八方的亿万游人。他们之中有总统，有商人，有教师，有学生，有开心的演员与体育明星。照相机咔嚓咔嚓响着，但响声又被哗哗的笑声淹没。我不知道他们各自的目的，但是他们来了，来了。他们的来，使你显得十分开放，而又充满自信。我看到一位风姿潇洒的外宾，踏上烽火台的顶端，向什么人频频飞吻，接着高举双臂，做成一个V字，仿佛向着美好的未来，发出爽朗的笑声。

哦，长城！我不知你对此作何感想。你那虽然古老但仍坚固的躯体，愿意接待异域殊方的杂色人流吗？你能承受住历史的再冲荡和新世纪的胎动吗？

你不语。你扎根的纠墨群山不语，并晴洁气爽的长天也不语。

但人们告诉我：外层空间能看到的地球上惟一的人工痕迹，就是你呵，长城！

春之怀古

◘ 张晓风

春天必然曾经是这样的。从绿意内敛的山头，把雪再也撑不住了，噗嗤的一声，将冷脸笑成花面，一首澌澌然的歌便从云端唱到山麓，从山麓唱到低低的荒村，唱入篱落，唱入一只小鸭的黄蹼，唱入软融融的春泥——软如一床新翻的棉被的春泥。

那样妖，那样敏感，却又那样混沌无涯。一声雷，可以无端地惹哭满天的云，一阵杜鹃啼，可以斗急了一城杜鹃花。一阵风起，每一棵柳都吟出一则则白茫茫、虚飘飘，说也说不清，听也听不清的飞絮，每一丝飞絮都是一株柳树的分号。反正，春天就是这样不讲理，不逻辑，而仍可以好得让人心平气和的。

春天必然会是这样的，满塘叶黯花残的枯梗抵死苦守一截老根，北地里千宅万户的屋梁受尽风欺雪扰犹自温柔地抱着一团小小的空虚的燕巢。然后，忽然有一天，桃花把所有的山村水郭都攻陷了。柳树把皇室的御沟和民间的江头都控制住了。春天有如旌旗鲜明的王师，因长期虔诚地企盼祈祷而美丽起来。

而关于春天的名字，必然曾经有这样的一段故事：在《诗经》之前，在《尚书》之前，在仓颉造字之前，一只小羊在啮草时猛然感到的多汁，一个孩子在放风筝时猛然感到的飞腾，一只患风痛的腿在猛然间感到的舒适，千千万万双素手在溪畔，在塘畔浣纱所猛然感到的水的血脉……当他们惊讶地奔走互告的时候，他们决定将嘴噘成吹口哨的形状，用一种愉快的耳语的声量来为这季节命名——“春”。

鸟又可以开始丈量天空了。有的负责丈量天的蓝度，有的负责丈量天的透明度，有的负责用那双翼丈量天的高度和深度。而所有的鸟全不是好的数学家，它们唧唧喳喳地算了又算，核了又核，终于还是不敢宣布统计数字。

至于所有的花，已交给蝴蝶去点数。所有的蕊，交给蜜蜂去编册。所有的树，交给风去纵宠。而风，交给檐前的老风铃去一一记忆，一一垂询。

春天必然曾经是这样，或者，在什么地方，它仍然是这样的吧？突越烟囱与烟囱的黑森林，我想走访那踯躅在湮远年代中的春天。

长兴岛的秋天

◎吴 亮

一过九月，长兴岛便是秋天了。

秋天这个词，已经于我十分地生疏，它差不多成了小学课本上的遥远回忆——久居在大城市里，四季早就不再分明。每天匆匆地行走在拥挤不堪的大街上，看到的只是橱窗和车流，谁还会注意路边的悬铃木叶子正在凋零？

但是到了长兴岛，这久违了的秋天就敞开在你的眼前。长兴岛离上海市区近在咫尺，可它的秋景，那金红色的暖日，爽利的风，寂静的傍晚和略有寒意的夜，却似乎是在一个离上海有千里之遥的小岛上——你会想，其实秋天是存在着的，蓝天如洗的正午是存在着的，硕果累累的橘林也是存在着的，只是我们的眼睛久久被城市的污浊与喧嚣所蒙蔽，把它们遗忘了。

不过，长兴岛的秋天之所以还有最本色的姿容，恰恰在于工业文明将它遗忘——工业文明真是一把双刃剑，它所到之处，无不旧貌换新颜。它使暖日变成可控可调节的暖气，使风能够随时吹起，它使蓝天出现在电影院和明信片上，使鲜花和水果摆满超市之中。但是，四季消逝了，人们都成为温室里的物种，他们生活在一具庞大的玻璃罩内部，偶尔打开窗户，他们会看到头顶那片永远不会散去的阴云。

在长兴岛往上海市区回望，就能看到那片压得很低的阴云，它是铅灰色的。你会想，幸好长兴岛没有工业文明，要不然，我们只能举首仰望自己头顶的灰色云层，却无法远眺那一边城市上空的奇观了。

长兴岛的秋天是没有丝毫修饰的，它的风来自海边，菜蔬来自土地，柑橘来自果园，螃蟹来自沟渠。在地球上，究竟还有多少地方四季分明？是不是要把一切地方都改造成恒温的大都会，人们才肯罢休？

假如你喜欢长兴岛的秋天，最好不要去惊扰它。假如全都拥到长兴岛去，长兴岛就再也不会有秋天了。长兴岛毗邻上海，这本身已是奇迹。当我带着秋天的印象离开长兴岛时曾经这样想：希望四季不要成为史前记忆，希望旅游业不要成为文明最后的一批十字军；让长兴岛尽可能保持它的自然风貌，成为我们反省现代都市文明得失的一面明镜。

看雪

赵丽宏

年初在北京，正好遇上一场大雪。

雪是无声地降落的。那天傍晚天色灰暗，也没有大风呼啸，以为只是个平平常常的阴天。第二天一早醒来，发现窗外亮得异常，原来外面的世界已经严严实实地被耀眼的白雪覆盖了。从近处屋顶上的积雪看，这一夜降雪约有三四寸厚。而此刻，雪已经停了。离我的窗户最近的一根电线上居然也积了雪，雪窄窄地薄薄地垒上去，厚度居然超出电线本身的四五倍，所以看起来那根电线就像是一条长长的雪带。凭空徒添这许多负担的电线在风中紧张地颤抖着，显得不堪重负，真担心它马上就会绷断……

这是怎样的一夜大雪？那些飘飘洒洒地轻盈的雪花在夜空中飞舞时，当是何等的壮观！假如集合这块地面上的所有积雪，大概能堆成一座巍峨的雪山了吧。

有什么能比大自然玄妙的造化和神奇的力量更使人惊叹呢！

雪的世界是奇妙的。在一片茫茫的白色云中，城市原有的层次都淡化了、消失了，一切都仿佛融化在晶莹的白色之中。下雪之前的世界究竟是何种颜色？现在竟然想不真切了，人真是健忘。

然而，这雪景似乎不宜久看，看久了眼睛便会有一种被刺痛的感觉。也许，人的眼睛天生是喜欢丰富的颜色的吧。白色，曾经被很多人偏爱，因为它拥有很多美好的属性，譬如纯洁，譬如宁静，譬如清高，等等。但是大多数人的喜欢白色，恐怕只是喜欢一束白色的小花、一朵白色的云、一方白色的丝巾、一件白色的连衣裙……要是白到铺天盖地，那就消受不起了，眼前这无边无际的雪景，便是极生动的一例。

茫茫的白色世界有一些鲜亮的色彩开始蠕动。几辆汽车像笨拙的甲虫爬上了马路，行人也三三两两走上了街头。车和人经过的地方，清晰地留下痕迹。车辙和脚印毫不留情地撕开了雪地神秘的面纱——积雪原来并不如想象的那么厚，车辙和脚印中显露出大地原有的色彩。晶莹寒冷的雪只是表象罢了。

一群孩子走到楼前的雪地上，又是滚雪球，又是打雪仗，尖尖的噪音和雪团一起飞来飞去，弄得一片喧闹。最后他们的目标一致起来——堆雪人。极有耐心地用手捧，用脚刮，一个矮而胖的雪人居然歪歪斜斜地出现在孩子们面前。雪人周围的雪黯淡了、消失了，孩子们在欢言笑语中清除了他们这方小小天地里的积雪。他们又奔着喊着跑去开拓他们的新疆域了，雪人孤零零地丢在那里……

两只麻雀突然从窗前掠过，它们在空中急忙盘旋着，嘴里发出焦灼的呼唤，似乎在寻找一个落脚的地方。也许，是积雪使它们熟悉的天地改变了模样，它们迷路了。我以为两只麻雀不可能在我窗前停留，想不到它们找到了一个我未曾预料到的落脚点——窗前的那根电线。一只麻雀先是从下而上掠过电线，翅膀只是轻轻地一拍，电线上积雪便卜卜地落下一段，另一只麻雀也如法炮制，又拍下一段雪，然后再一先一后停落在电线上。它们轻松地抖着羽毛，不时又嘴对嘴轻轻地低语着，像是互相倾吐着什么隐秘，再不把那曾使它们惊惶迷惑的雪世界放在眼里。那根曾经被积雪覆盖的电线在它们的脚下有节奏地颤动着，积雪在不断地往下掉，往下掉……大雪忙忙碌碌经营了一夜的伪装，只有十几秒钟便被两只小麻雀弄瓦解了……

窗外寒风呼啸，积雪大概不会一下便消融，但雪后的世界已不是清一色的白了，我心里的春意也正在浓起来。只要有美丽的生命在，谁能阻挡春天呢！

大海日出

◎（日本）德富芦花

撼枕的涛声惊破了睡梦，起身敞开窗门，时间是明治二十九年十一月四日的黎明，地点在铫子的水明楼。楼下紧临着浩瀚的东海。

虽是凌晨四时已过，海上仍然是一片黑暗，只闻涛声高喧。眺望东方的天空，沿天平线横卧着一条熏桦木色的长带。在它的上面，是深蓝色的天空，一痕弦月宛如金色的弓悬挂在天幕上。那清澈的光辉，好似在守护着东海。左边黑魆魆的探出物是犬吠岬，岬顶上设着灯塔，灯光划着白色的光环，连接起陆地和海面。不久，冷冷的晓风横扫过黛色的大海，夜的衣裙从东方渐渐脱起，踏着青白色的“报晓”的波浪，一点点地逼来，其状伸手可掬。雪白的浪涛拍打着黝黑的岩石，这壮景也越来越看得分明。抬头仰望，那宛若金弓般的月亮已变成了一弯银钩，熏黑色的东方也逐渐染上了清澄的淡黄。在浩淼的大海上奔涌的波涛，腹部黝黑，脊背雪白，夜的梦虽然仍在海上徘徊，东方的天空却已启动了眼睑，太平洋之夜就要在此醒来了。

曙光自然而然地宛如花蕾绽放、波环散漫，在天空和水上扩展开去。水越显得白，东方的天空越显得黄，弦月也好，灯塔也好，都淡离我而去，虽然相距有限，却不得见了。此时，一列尚未忘记使命的候鸟拖曳着啼鸣，从海面上掠过，于是大海的每一道波涛全都翘足而立，一起回首东方。一种有所期待的私语——无声之声在四周弥漫。

五分钟过去了，十分钟过去了。东方的天空喷射出金光，忽然间，一点猩红从大海的边际浮起，可惊可叹！太阳出来了。不容生得此念，呼吸已紧紧地屏住，只见那擎日的海神之手一动不动，那浮出水面的红点就在一瞬间拉成了金线，拱成了金梳，又收成了金蹄。随后是无所留恋地将身体一摇，跳出了水面。就在它告别大海而升起的时候，缓缓地将万斛黄金嗒嗒嗒地滴下，瞬间万里。当意识到那金光宛如长蛇迅跑过浩浩大洋，向这里涌来时，眼下的岩石骤然间卷起了二丈黄金雪。

乡韵自多情

◎ 王洪应

河南，是一块戏曲浸润的厚土，戏已经融进了人们的生存状态。乡亲们热爱戏，居家过日子，想哭想乐就一定想看戏。戏，是他们生活乃至生命的一部分。

日常生活中，乡亲们要找到看戏的理由很多。逢年过节，赶会赶场，庆祝丰收，翻盖新房，婚丧嫁娶，都会搭台唱戏。听说哪个村子“玩戏”，周围的一些村庄也像过节一样，人们不请自到，早早去争取占个好位儿，看得清楚，听得真切，过“瘾”。戏演完了，曲终人不散，有的人还非要到后台看看自己喜欢的“角儿”。

有些戏迷，每年农闲的腊月正月二月，都要张罗着请各地有名的戏班到本地来唱戏。戏有了名，角儿一出名，就要“拿堂”。有时那张罗家儿不仅白掏力，还得往里赔本，为请一台好戏不知要跑多少趟，赔笑脸说好话送钱物，把好戏名角儿请来可是老不容易。能看到家乡排排场场唱起了大戏，父老乡亲美美地听戏看戏，请戏的人心里别提多得劲儿了！

戏曲滋润了人们的日常生活，也丰富了人们的精神世界，提高了人们的道德水准。在音乐舞蹈不发达的地区，在没有电影、电视的年代，要精神文化生活，用什么办法呢？那就唱戏。平时，田间地头，锅台边，猪圈旁，常有人或轻吟浅唱，或放声高吼，那声音或婉转或豪放，或悲凄或明亮，都直接地、酣畅淋漓地表达了人们的情感和心声。

社会大舞台，人生一台戏。有谁知晓，浩如烟海的剧目里，唱出了多少波澜壮阔，表达了多少情意绵绵，演出了多少慷慨悲歌。多少年来，乡亲们在戏曲的芳香里沉醉着。在戏里，他们认识了杨家将，结交了黑老包，知道了抓不到奸人不煞戏……正是这戏曲琼浆的滋养，使父老乡亲质朴善良，爱憎分明，追求真善美，鞭笞假恶丑。

唱戏，唱跑了忧愁，唱来了欢愉，激发了善良正直，唤起了浓浓乡情。一个台湾老兵讲，他大半辈子没学会哭，可是近来一听豫剧就掉泪，光想哭，想娘，想家。在美国，我遇到了一位已经是上流社会人物的河南老乡，他郑重地托我办一件事——把家乡戏的录音带寄一些来。他紧紧地握着我的手，甚至还给我深深地鞠了一躬，我细细看他时，发现他的眼里分明有泪花在闪……

乡亲乡韵自多情。广袤的中原大地，不仅能够长出金色的小麦和稻谷，而且也成就了豫剧、曲剧和越调。那悠悠的拖腔，那粗犷的大本嗓，能把人的思想拉回遥远的故乡。故乡情，亲人爱，亲和力，凝聚力，都在戏里……

兰潭的风韵

黎翠婷

记忆中，初识水的意义，就恋上了水。小时，听大人谈洞庭，听老师说西湖，还有那有着畸形地理的长江三峡，我就开始迷失了，迷失于想象中的川流中；那承载在古年代历史的川流，留给我的净是些美的感受。同样是水的聚流，却被定分为江、海、潭、湖和溪河，也许是形音所予的好感，我直觉地偏爱潭湖，也许是凄美的故事多在潭湖岸畔孕育，对她们我总有神奇的遐思；最多的幻想自己为凌波仙子，一袭洁白古装：长裙水仙，肩臂腰际，飘带袅绕，我平目凝容，莲步不移就可迤逦水面。每当淡月倚空的静夜，悠然出现在潭面湖心，又慎忽消逝，总留下一些善迹和一抹美影……当我能辨方位允许独行时，我就放弃遐想，开始孤意地追寻。

那天，我追寻到了兰潭。这个偶然被灌注在嘉义东郊的兰潭，一如其名，幽静深邃如兰。她具有天然成就的形廓，就像兰叶的伸展，又是婀娜，又是舒坦，前临通往城街的道路，背倚青枝杂陈的浅丘，不必问翻过山丘是何处，眼前潭景已够你探询；她不类鸳鸯潭，隐蔽于空谷中，也不像桃花源，得穿林索洞才得寻觅。但她的坦然呈现，却会令你蓦然思索——为她的神秘气质。远视顺流而下，左面是一片绿丛，人迹不至；右面沿潭是向上扩展微倾的坡堤，一壁如茵绿草。那群打滚的玩童，露营的雅士，他们的黄衫红帽，替兰潭点缀了活泼的色彩。而远远望去，却又不过是绿毡上三五颗纽扣，两个蝶结。

潭水是绿的，但绝非一个绿字能了，一潭绿流，深浅浓淡，如逐层掺夹，不规则中竟是谁都无法挑剔的和谐。但，可别以线面划分，一片云彩，一袭风掠，就乱了她的章法，形成另一片绿的调和色。若你外加七分心思，她又变了，变得不是调色盘里所能找到的。但只要你肯笑在其中，笑都能染上那层柔绿。

潭面有三两轻舟停泊，而所谓舟，其实是用三根长竹编成竹筏，人立其上，撑篙滑行。撑篙人不必像掌舵手那样专注凝神于他的方向，反倒逍遥自得他一路浏览。手桨一起一落，如蜻蜓点水般地悄悄静进，拉不出一线黄纹，却见舟身伴着波纹，荡漾摇曳。不多久，竟已靠拢彼岸。我庆幸渡水的人没有搬来游艇，否则真败坏了天意——自然。

或许就因着自然，说不出为什么，这儿总一片迷蒙，似烟非烟，似雾非雾。若是为谷纱笼罩，却又揭不开，摸不着，但就是朦胧得令人迷惑。入此境界，你就像兰潭一样没有清醒的时候。奇的是，迷蒙中另有一番明净的境界。那是你久未拂拭积尘的灵台。在俯视水中倒影的一刹那，已浩然如新。那深不可测的绿流，已照澈你的烦虑和那淡淡的绿意，已指引你迷津。不必一掬潭水洗涤，你已如潭面的形廓——舒坦、自然。

上了斜堤，水溶溶的大道，隐没了人的足音。在这儿，同是人语车声，但一切人为的音响，在冥冥天籁笼罩下都不扰人了。不必为兰潭的宁静所慑服，你尽可扯着嗓子高唱，却能听到特异的圆润的音韵。你也无须踏足蹑履，跳踏绝不会使她的静寂碎裂。机车风驰电掣，也不觉其躁急，群人追逐笑闹，却不闻其喧哗。这究竟是什么力量？是造物主也偏爱这儿，特为安置了灭音器，免受嘈杂？还是由于我正浸浴在堤下潭水之中，掩了耳目？

凭栏而立，在深深地凝视中，我和兰潭取得了一份默契。那潭水纤尘不染的洁净，为我涤除俗虑。那周遭超尘出俗的幽景，将我升华到不可思议的境界。我如鸟生翼，如鱼得鳍，魂魄化入天宇。

这儿没有绿岛的椰影，但兰潭夜曲必更迷人。我必将来此露宿，静夜垂钓守候，偷学水上仙子如何凌波。我要看兰潭夜里是否依然似雾非纱，还是另有一面透明的佳境？兰潭，她没有澄清湖的精致、秀丽，但却得天独厚拥有更多的自然灵性。

她不及珊瑚潭的宽展细腻，而其特有的神秘，却不是任何湖潭所能媲美。初识兰潭，你会袭染上她的忧郁，正予每个人内心深处潜存的悲感共鸣，因而不自觉地会信赖地依附她。贴切久了，又能从她温柔之中，感到一股神异的鼓舞的力量，令人打从心底满意、喜悦。

文章本天成，没有人能说尽兰潭的美。我现在才知道：为什么许多人面对奇景，就只能不断以最通俗的“好美！好美！”来赞叹！

秋的感怀

◎刘　墉

从小我就喜欢秋，上作文课，总希望老师出个“已凉天气未寒时”之类的题目；学画以后，更爱描写秋景，画些红叶黄花、霜林晚照。但是直到今天，我才真正尝到秋的滋味，领悟了秋的精神，得到了秋的魂魄。

若说秋是一片萧条，我的眼睛必定不会同意，但是如果讲秋是繁华的季节，我的心又不能苟同。秋就是那么的矛盾，她酡了青枫、绽了黄花、醉了橡叶、白了芦絮，便是池中的萍藻、墙头的藤蔓、阶角的苔藓，也被她浓浓地浸透了，放眼望去，只见满目如火如荼的红，明艳鲜丽的黄，就是朱砂也无法描绘，石黄也难以表现。至于金风一来，更是满目飞花，遍地洒金，置身其间，但觉裹入一匹光灿的锦缎，连天地也分不清了。

但相反地，秋又是那么失意，她是落而不是生，是凋零而不是营造，是支出而没有积蓄，尽管她的仓廪丰富，但总是捐弃消耗，乃至一贫如洗的。所以看到她的艳丽，你就愈会感伤她年华的老去，见到她的缤纷，你便愈发担心她的早衰。我过去常对着遍地的霜叶感慨，你们好不容易地春发、夏荣，再装扮得如此醉人，为什么却跟着告别枝头，将自己深藏到地下了呢？

这些问题我想了许多年，直到今天才突然领悟：

秋，她是繁华的萧条，也是萧条的繁华；她是得意的失意者，也是失意的得意人。她是悟者、是智者、是隐者，是归辋川的王维、去喜泽的渊明。她的繁华是蝉鸣之于深林、钟声之于空谷；她是大静之音、大寂之喧、大素之艳、大拙之巧。至于她的萧索，则是以虚为盈，以雌伏待雄飞，以再反省做再创造。她卸下舞衣，洗尽铅华，一无所有地举起空空的臂膀，仰首穹苍。接受冬的历练，并盼望另一个绚烂的春天。

窗外的红叶开始飘舞，我却仿佛已经见到簌簌的雪花与点点的新绿；墙外的老人扶杖伛偻地走过，我却仿佛看到青青的坟冢与奔笑的儿童。秋去秋回、人去人回。但是今年之秋，是否为去岁之秋；今年庭燕，恐非去岁庭燕；今年之人，是否明年仍在？这一切此刻已经不再成为我思考的问题，因为我知道：繁华必当萧索，凋落只为增添，即使有一日，我已非我，你已非你，他们终必到来。

良宵

◎（日本）德富芦花

今夜可是良宵？今宵是阴历七月十五。月朗，风凉。

搁下夜间写作的笔，打开栅栏门，在院内走了十五六步，旁边有一棵枝叶浓密的栗树，黑漆漆的。树阴下有一口水井。夜气如水，在黑暗里浮动，虫声唧唧，时时有银白的水滴洒在地上，是谁汲水而去呢？

再向前行，伫立于田间。月亮离开对面的大竹林，清光溶溶，浸透天地，身子仿佛立于水中。星光微薄。冰川的森林，看上去淡如青烟。静待良久，我身边的桑叶、玉米叶，浴着夜色，闪着碧青的光亮。棕榈在月下沙沙作响，草中虫唱，踏过去，月影纤纤从脚尖散开。夜露，竹丛旁边，频频传来鸟鸣，想必月光明洁，照得它们无法安眠吧。

开阔的地方，月光如流水。树下，月光青碧，如雨滴下漏。转身走来，经过树阴时，树影里灯火摇曳。夜凉有人语。

关上栅栏门，蹲在廊下，十时过后，人迹顿绝。月上人头，满庭月影，美如梦境。

月光照着满院的树木，树影布满整个庭院。院子里光影离合，黑白斑驳。

八角金盘的影子映在廊上，像巨大的枫树。月光泻在光滑的叶面上，宛若明晃晃的碧玉扇。斑驳的黑影在上面忽闪忽闪地跳动，那是李树的影子。

每当月亮穿过树梢，满院的月光和树影互相抱合着，跳跃着，黑白相间，纵横交错。我在此中散步，竟怀疑自己变成了池中水藻间的游鱼。

克拉克河谷怀旧

◎ （美国）海明威

夏末，大鳟鱼告别了上游的水坑，游到了溪河中央，正要顺流而下，到大峡谷的深水里过冬。因此，9月的头二周，正是垂钓的好时节。此地的鳟鱼肥壮、滑嫩、亮光光的。几乎所有的鳟鱼都跳着咬钩。你要是放两把鱼钩，多半能同时钓着两尾鳟鱼。要在湍急的溪流中摆弄好上了钩的鱼，那技巧就不能是一般的娴熟。

夜凉如冰。你若在半夜醒来，会听见郊狼的嚎声。白天，你不必过早到溪边去。一夜的寒风吹彻了溪水。太阳要几近正午才能照到溪河上。只有到那时，鳟鱼才肯出来捕食。

清晨，你可以骑马到野外溜溜达达；要不，就坐在小屋前，任阳光照在身上，慵懒地远眺河谷对岸。那儿，饲草割了，草地一片萎黄，在一排颤杨映衬下，平平展展的。这会儿到了秋天，颤杨也黄了。远方，起伏的群山上，鼠尾草一片银灰色。

河的上游，耸立着两座山峰：引航峰和二指峰。月底，我们可以到那儿去猎山羊。你坐在阳光里，心里惊叹着，群山远远望去竟有如此端正的形状：线条清晰、轮廓分明。于是，你记起了从遥远的地方望到的山影。这情景不同于你停车地方的嶙峋的山崖，不同于你跨过的起伏不平的滑岩，也不同于那突出的狭长的石块。你汗涔涔地从这块通到山峰后面的石头上摸行着，不敢朝下边望一眼；你绕过线条圆滑而规则的山峰，来到一片空地上。下边，山腰上有一块绿草茵茵的凹地。一只老公羊正带着三只小公羊在凹地上的野桧林里吃草。

老公羊一身紫灰，只有臀部是白色的。它抬起头时，你能看见它头上的那对犄角又大又厚实。你躺在3里外的一块背风的岩石后面，用一副蔡斯望远镜细细搜寻着这高地上的每一寸风光。当你望着碧油油的野桧丛时，老公羊暴露在你的视线里，正是它臀部的那撮白毛。

这会儿，你坐在小屋前面。你还记得朝山下射去的子弹。小公羊们直起身子，转过头来注视着老公羊，等着它站起来。它们看不见高处的你，也没有嗅出你的气味。枪声没有惊动它们，它们以为只是又滚下去了一块卵石。

曾记当年，我们在林溪的源头盖了一间木屋。我们每次外出，大灰熊总是撞开了屋门。那年的雪姗姗来迟，这头熊因此迟迟不肯冬眠。整个秋天，它不是扯开木屋的门，就是毁坏陷阱。它精明绝顶，白天，你断不会见到它。你还记得，后来，小锤溪溪头的高地上，来了三头大灰熊。你听到木头断裂的声音，以为是母麋在奔跑。跟着，它们出现在眼前，在零零碎碎的日影里，偷偷地、轻悠悠地跑着；下午的太阳照在它们身上，短而硬的鬃毛闪烁着柔和的银光。

你记得，秋天，麋鹿一天天肥胖起来；公牛离你那么近，它抬头时，你能看到它胸脯肌肉的起伏。但是，你仍看不见它藏在密林中的头。你听到了深沉而高亢的叫声，听见了山谷那边的应和声。你想起了你放弃的一只只畜生的头；你没有朝它们开枪。它们全令你心旷神怡。

你记得那些初学骑马的孩子们；不同的马，不同的骑法。他们是那么热爱着这片乡村。你记得最初踏上这块土地时的情形。那年，你开着新买的平生第一辆车来这儿，一下呆了四个多月；因此，你得等沼泽地上的路冻得结结实实，车子才能开出去。你该没忘记；一次次的猎狩，一次次的垂钓；该没忘记烈日下的策马扬鞭，还有灰蒙蒙的货车车厢。在寒意袭人的深秋，你骑着马，默默地跟在牛群的后面，朝高坡上走去；你发觉，它们像野鹿一样，既狂蹦乱蹿，又温顺恬静；只是当它们全被聚拢在一起，朝山下低矮的田野赶去的时候，才高声嘶喊咆哮起来。

然后，就到了冬天。树枝上光秃秃的。大雪漫天飞扬，你看不见路；马鞍湿了，结了一层冰，你照样在雪地上踏出一条道儿，不停地挪动着双腿，朝山下走去。你到了牧场，一边品尝着撩人的热乎乎的威士忌，一边在旺烈的炉火旁换上干净衣服。乡村真美。

冬天素描

王小军

冬天是霜冻慢慢凝结的，当逐渐厚重的白色覆盖屋顶，瓦楞上一层一层的细节大多被省略，一切由复杂变为简单，由纷繁变为概括。冬天来了，冬天像封面般的装订四季。

从西北吹来的季风很直率，义无反顾地往你的袖口里、领口里钻，你刚出门上路就扎脸了。你的耳边没有了春风绵绵细语般的絮叨，而深切地感受到彻骨和切肤的寒意和畅快。一片枯叶掉落，你猛抬头，发现所有的树都脱尽了叶子。树枝没有了树叶的装扮，格外清朗和坚实，交错的枝干成了树的真实内容，北风中翩翩摇曳，简洁而精干。

冬天来得不知不觉。当秋收的农民一边把稻谷收进粮仓，一边刚把麦种播进土地，冬天就悄无声息地过来收拾一切了。田埂上的杂草干净了，田垄里也没有了庄稼和植物的装饰外套，田垄与田垄之间除却了琐碎的细枝末节，尽现眼前的是优美的曲线。田垄的尽头，地平线清晰又辽阔。冬天把真实的本色还给自然。大地敞开胸膛，毫不遮掩地袒露出实在和坚硬的土壤。

是冬天就有雪，否则就没有真正意义上的冬天。尽管“厄尔尼诺”现象一次又一次地使地球逐步变暖，但总有一两场雪能越过长江，到达南岸。当一些天大雾不散，接下来纷纷扬扬地飘雪了。江南的人对待雪的心情是很热烈的。虽然也会泥泞，但总有那么多人在纷纷飞絮中出门，游园，踏雪，随便找一个地方，就是平时难得的留影景点了。这个时候，最无赖是孩子，他们跑呀、奔呀、打呀、追呀，一刻不停息，就像乡野的小狗，毫无忌惮地玩着，耍着，哪怕是满脸的汗、浑身的雪……这时，麻雀却在悄悄地觅食。麻雀是冷静的，因为所有蛰伏在雪地里的生命都在准备着来年的梦想。

冬天就是这样，没有太多的包装和掩饰，一切都真真实实，直白与自然。冬天是北风中树的枝干，冬天是一览无遗的旷野。

在冬天，该消亡的消亡，该孕育的孕育。

雪野里的精灵

◎ 李存葆

前年元宵节前夕，我应长白山林场友人之邀，曾到雪国一游。此时的南国，已是惠风和畅，蝶舞蜂喧。山茶花早已开得红如胭脂，若霞似锦；木棉花也早已在枝头上火焰般燃烧，开得轰轰烈烈……而这北国边陲，却仍冰封雪锁，寒风砭骨。久居京华、在钢筋水泥筑成的方块中生存的我，一投进原始大森林宽厚的怀抱，面对眼前的一片大洁白，呼一口空气，都感到分外惬意和清新。

北疆早春的大森林，虽然萧索且寂寞，但它赠我以深邃和幽远；雪国的大洁白虽然凝滞而单调，但它却深埋了一切龌龊，使我侈离了远方的喧哗与骚动，雪国的大洁白以诗意般的沉默赐我以诗意般的思索。

一日下午，我和友人在莽莽的安睡着的一片杉林里漫游。

蓦地，有几点蓝色的彩光在雪地里闪动，一下跃入我的眼帘，燃亮了我的双瞳。我趋前蹲下细瞧，竟是几朵蓝色的小花。

这蓝色的小生命，由纤纤的细茎挑着，那吹弹着破的花萼，显得那样稚嫩和孱弱。此时，我的惊讶之状，绝不亚于在崂山中那次“鲜花美女地”里的寻找。

几朵蓝色的小花，使我的心灵受到巨大的震撼。这雪国中的蓝色小生命，纤细里充溢着坚韧，孱弱里蕴藏着刚强，微小里含纳着博大；这小小生命里，也浸透着星的璀璨，月的妩媚，日的明丽。它们以小小的蓝色火焰与巨大的寒流搏击，它们以火热的心律终于鼓破了厚厚的冰窖，它们是这漫漫雪国里生命的精灵！

友人告诉我，这蓝色的小花名叫“白头翁”。

人们惯常喜爱吟诵刺破青天的大树，喜爱聆听它们博大生命的浩歌；人们也惯常喜爱咏唱那报春的腊梅，好像只有它才是惟一的傲雪斗霜的花魁。但浩歌是一种境界，寂寞也是一种境界。浩歌是夏的宣言与旗帜，寂寞则是春的预报和序曲。

天无私覆，地无私载。对憧憬着春天却不能轰轰烈烈、大红大紫的众多的小花小草，谁也没有权力去有意或无意地践踏它们……

旱季高原

汤世杰

对于已被轻柔、呵护、缠绵、缱绻这类字眼宠坏了的现代人来说，“旱季”这个字眼听上去肯定不像“雨季”那么滋润入耳，它给人的感觉是干枯、燥热、汗流浃背、灰尘满天，无论哪一种都不大美妙。然而，高原的自然哲学是独特的、自成一家的。就像毕加索的作品，复杂或许会变得简单，而简单又会被弄得复杂一样，在高原，季节并不能按通常的逻辑去诠释。比如，春夏秋冬一年四季，就先被简化成了雨季和旱季这两季，一季就是半年。从头年十二月直到第二年的五月，干热的旱季是漫长的，就像阴湿的雨季是漫长的一样。高原的春天恰好就在旱季里到来，这时，湿漉漉的雨季早已成了遥远的记忆。但随后，当我们要对季节做出评判时，事情却显出了它复杂的一面。你会发现，已被诗人们津津乐道，翻来覆去写得体无完肤的雨季，并不像他们廉价赞美的那样充满了诗情画意。真正悟透了旱季之后，你反倒会从这个枯干的字眼里品读出另一种粗犷和湿润。不错，许多人喜欢旱季，一如他们喜欢春天，何况，高原的春天正值旱季呢？我正是那些人中的一个，为此我真感到无上荣幸。当我说春天适于远行时，我其实是在说旱季才是出行的季节。事实上，高原人在邀请远方的朋友来做客时总是说，你最好能赶在雨季之前来，一到雨季，你就寸步难行了——他们绝没有骗你、吓唬你，他们说的是实话，简直就称得上是真知灼见。

是的，春天是美妙的，但春天是多种多样的，此春天跟彼春天并不一样。当北方还没有脱下臃肿肮脏的雪袍，柳枝还只敢半睁半闭它柔嫩的芽眼，以防冷不丁扑来的寒潮凉冽、锐利的袭击；当杏花春雨的江南，飘洒的细雨像蚕儿吐出的绺绺丝线，执意要把江南织成一个精巧透明的蚕茧，大地伸出千万把花一样开放的油纸伞，小心翼翼地忍受着梅雨没完没了的淫虐，却依然四处一片泥泞……这时，春天早就沿着大大小小的山岭浩浩荡荡、大大咧咧地来到了高原。没有斜风细雨，没有莺飞草长，高原的春天是干热枯焦、风尘仆仆的，甚至可以说是粗糙的、丑陋的；尽管也有花红叶绿，石缝里也冒出一茎倔强的新绿，但高原的春天永远不会像江南那样矫情放纵；满目皆是亮眼的绿，甚而连每个叶片上都挂着一个湿漉漉而又明晃晃的太阳。高原的旱季似乎从一开头就不怎么讨人喜欢，就像所有独具创见的艺术家一开头都会遭到世俗的非难一样。烈日如火，数月无雨，空气像一块晾得太久的毛巾，连最后一缕水气也已被抽干吮尽，稍有扰动，便会发出刷刷的、撕裂一般的响声。远远看去，土地冒着淡淡的白烟，叫人想起锅里正在烤制的煎饼，似乎还能闻到一股隐隐的糊香味儿。柏油公路在太阳的熏烤下几欲融溶、流淌，看上去就像一条随时都会开动的肮脏的、黑乎乎的传送带。乡村土路上，牛车的木轮嘎嘎吱吱，把干硬得像卵石一样的牛粪、马粪和雨季留下的宛如同长城的辙沟一起，精心地辗成盈尺厚的灰土，等雨季到来，便再一次被搅合成粘稠的稀泥。而从它们身边延伸出去的、蛛网一样的村寨小路则像被晒蔫了的蛇，迅速的风化着，一踩就是一团黄灰。无论走到哪里，空气里都有一股呛人的尘土的味道。而几乎在每一条路边，树木花草奋力抽出的鲜嫩亮丽都好景不长，转眼就蒙上了厚厚的灰土，变得面目全非，就像刚刚从地底下挖出来的文物。天气干燥，陡然来这里住上几天的外地人，或许会在某天早晨吃惊地发现自己的鼻子已开始淌血……

但旱季无疑又是高原最好的季节。傣族的泼水节、白族的三月街、彝族的采花山……节日一个跟着一个。当诸多民族都不约而同地在旱季举行他们一年一度的生命狂欢时，看来事情就绝非偶然，其间洋溢着的，无疑是对终于摆脱了雨季的庆幸和欢欣——惟有这时，他们才可以撒开大步在高原自由地行走，自由地舞蹈和歌唱，他们再也无须顾及他们漂亮的发辫会被淋湿，也不用担心双脚会踩进淤泥而不能尽情地蹦跳，嘴里会被灌进冰凉苦涩的雨水而不能放开喉咙大声歌唱，他们深知这是他们最轻松也最自由的季节，一到雨季，那些挂在半空中、悬崖下的望天田将等着他们去耕种，那时他们会跟整个高原一样，被绵绵无尽的雨水淋得像只落汤鸡。乡村土路泥泞不堪，而且极有可能在某天早晨就突然变成一条乖戾无常、汹涌湍急的季节河，气势汹汹地阻断他们前行的道路；除了鸟儿，你就休想前行一步。污浊的积水在原野和丛林里汇成的沼泽和泥潭就更加糟糕也更其可怕，它们几乎每一个都是深不可测的陷阱。在那些阴霾潮湿的日子里，丛林里潜伏窥伺多时的刺棵、藤萝、毒蕈像阴谋家一样的孳生蔓延、蜂拥而上，试图绞杀一棵又一棵参天大树……作为雨季的走卒，蚊蝇趁着潮湿疯狂地交配繁殖，一只蚊子也许在一个晚上就能变成一个庞大的“轰炸机群”，无论你走到哪里，都无法逃脱它们嗡嗡、嘤嘤的围追堵截。雨季因而不是出行的季节，连最伟大最有经验的猎人也只能待在家里，一遍又一遍地擦拭他的猎枪。其实又何止猎人？多少年前，高原之南那场时有时无又没完没了的战争，一个个战役都精心地选定在旱季开始，也在旱季里结束——战争的游戏如果安排在雨季，就再也不是游戏，只会变成一场真正的玩命；于是双方才以雨季的名义达成一项不成文的协议，各自偃旗息鼓，养精蓄锐，等着旱季的到来……

是的，雨季真的不是出行的季节。那时，人们眼巴巴地盼望着雨季的结束和旱季的到来。他们知道，跟雨季的拖泥带水，暧昧含混甚至阴险狡狯相比，旱季则要干爽明快、通达耿直得多——如果雨季像个阴险小人，旱季就是个顶天立地、说一不二的汉子。尽管酷热难耐，但作为对阴郁的、潮湿的、让人心都要长毛的雨季的反拨和补偿，惟有在旱季里，高原才有一年一度不可缺少的热烈、奔放与辉煌，人们才得以放肆甚至过量地亲近阳光，否则，他们就难以在随后到来的雨季中，凭着心中储存的热烈与光明，熬过那些阴沉、晦暗、不明不白、漫漫长夜似的时光。

这就是旱季的高原：空旷，赤裸，随时都毫无遮掩地展示在你面前，让你无论从哪个方向朝它投去目光，都能看到它真实伟岸的身影，而真实已是我们这个世纪最昂贵的奢侈品。雨季就大不一样了，淫糜的雨水把高原的每条沟壑，每道岩缝都填得满满荡荡，空气因充满了水气而变得粘稠致密，高原开阔的空间转眼就变得拥挤起来；当这块粗犷的山地被雨季非常小家子气地“装扮”起来时，那模样就像一个彪形大汉被一些小花小草所包裹，显得不伦不类而又滑稽可笑。雨季是世俗的。在跟旱季高原的多年交往中我终于发现，对那种世俗的、廉价的、脂粉气十足的装扮，高原是鄙视的，弃绝的，它并不大喊大叫，只默默地隐忍着，等雨季一过，便轻轻一抖，将那些妖艳忸怩的小花小草扔得无影无踪。旱季高原钟情的是那种大地之灵秀的大智大美；如果它是一个正当盛年的壮汉，莽莽的原始森林就是它茂密的毛发；如果它是一个百战不殆的拳王，就只以金沙江、澜沧江做它搏击的腰带；而如果它是一个睿智而又历经沧桑的老人，那么，高原上空那满天的云絮才堪与它飞动的思绪媲美……旱季的高原总让我想起那些英勇无畏的、巨人般的斗士，即使焦渴难耐、浑身似火，也从不哼哼唧唧，向老天俯首称臣；它依然高高的挺立着，把头伸向云天之外，眺望着远方和未来；那姿势尽管有些笨拙，却在笨拙中显出了某种古雅的高贵……

自然，高原的旱季偶尔也会让我想起非洲，想起那里的沙漠和千里赤野，那些被干旱和饥饿折磨得骨瘦如柴的儿童。当然也会想起一本叫做《走出非洲》的书里那些美妙的文字和动人的故事。尽管有时我也担心高原有朝一日会真的变成又一个非洲 (但愿我的这个担心纯属多余)，但高原的旱季跟非洲的干旱毕竟不同。在高原，旱季里枯干的只是攀附在土地表面的野草闲花，那些参天大树则早就把根须扎到了像历史一样深厚的土地深处。高原从不会亏待那些正直顽强的生命，问题是你必须在到达了那个境界之后，它才会捧出在头年的雨季吸得饱饱的、憋了一冬的雨水让你渴饮。天边那些大团大团的云朵，正是它为那些生命上演的优美的现代舞，它们灿烂如银，轻盈自在，跟肤色深红、敦厚持重的高原相比，看上去似乎大相径庭，其实那才是高原真正的魂魄，纯洁，美丽，对自由充满了至死不渝的渴望。

……春天，撑一把油纸伞在西子湖边的霏霏细雨中散步固然惬意，我倒宁愿在高原的旱季里独自上路，从那里走向远方。一个没有在旱季里走过高原的人，不能说是真正到过这片山地。我的固执想拥抱的其实是生命中那种热烈的精神。我知道，毫无疑问地，生活里也有漫长的雨季。当你在人生晦暗霉湿的雨季中待得太长太久，以至手脚酸痛、肺腑郁闷时，当你在家庭柔情滴沥的雨季里待得腻烦生厌，以至觉得自己已是一块“注水牛肉”时，当你在温吞吞的书斋里面对稿纸而无从下笔时，总之，当你不想在生活的雨季里被潮湿无情地霉烂，不想在成就一番事业之前速朽时，你不妨出去到旱季的高原里看看走走。旱季有的是辉煌的烈日（它常让我想起凡高的向日葵，想起那些金黄灿烂的色彩），能把我们渐渐稀释的血液晒得浓稠如初，滚热沸腾，也能把我们因缺少日照而苍白失血的面容、肌肤晒得像釉一样黝黑光亮；旱季那刮得人睁不开眼的，带着沙子的热风，能像铁砂打磨钢铁一样地磨砺我们生命的锋刃；乡野里更有粗犷热烈的山歌，能唤起我们的生命中原本不应丧失的豪情，让我们身心健康。如是，我们才会少一点江南似的纤弱、琐细，也少一点无病呻吟和目光短浅，变得粗犷、豪放，博大、开阔。是的，我宁愿在旱季里上路。我坚信我在这一季获得的教益，将足够我在人生雨季里那项庞大的支出。因而我想说，旱季尽管是干燥枯焦、风尘仆仆的，但它同时也是伟大的，不可替代的。

水乡情缘

◎ 肖清芬

漫步于一个个古色古香的江南小镇。青青的石板路，潺潺的流水，一座座斑驳陈旧的石桥，一户户平凡普通的人家，绘就了一幅散发独特气息的水乡图。江南的古镇有道不尽的诗情画意，嘉善的西塘就是其中之一。

西塘不同于乌镇，以青青石板路铺起百年小镇；西塘不同于周庄，有百万富翁沈万三的故里“沈厅”吸引着众多游客慕名而来；西塘不同于同里，有芳草萋萋的“退思园”幽静安宁。西塘就是西塘，同样是江南小镇，小桥、流水、人家，错落有致。西塘不同于其他江南小镇，它有它独特的风景。

早晨，蒙蒙烟雾笼罩着小镇，所有的一草一木都隐隐约约，若有若无。雾中小镇似雾里之花，越看越美。当一缕缕晨曦播洒在清清的河水上时，沉睡了一夜的西塘苏醒了。日出而作的西塘人开始了一天的劳作。河边有了勤劳的妇女在洗衣，沿街的小店铺开张了，店主们忙碌着摆放起零零落落的小商品，为的是吸引来此一游的游客，沿着蜿蜒的小河，踏着凹凸不平的石板路，水草之气夹杂着晨风扑面吹来，感受着充满朝气的西塘早晨。

西塘的特色在于它的屋檐走廊。在一条长数百米的走廊上，支起几根三四米高的房柱，顶着几尺宽的屋檐，可能是配合着西塘特有的风格所制作的。有了屋檐走廊，伞便可以在小镇中消失了。就算下雨，屋檐也能很好地庇护着行人。雨季中，小店主不必每日费心地支起雨篷保护自己的商品，足够宽的走廊是最好的遮雨伞，完全没有了后顾之忧。屋檐走廊不仅是方便居民游客的一项设施，更是西塘所特有的一道景观。房檐上雕刻着各式的花纹、动物头像，以寄托住户一种美好的愿望，也成为其他江南小镇所不具有的一道风景线。

西塘的小桥一座连着一座，名字也各不相同，各有各的说法，各有各的故事。双拱小桥、弯月桥、八字桥……有的形状奇特，有的斑驳苍老。有的桥墩雕刻着象征吉祥的腾龙花纹，有的桥墩雕刻着栩栩如生的石狮。西塘小桥虽没有直桥多，却有直桥美；虽没有卢沟桥之势，却比卢沟桥精细。西塘的小桥反映着西塘的风貌。

西塘的河水也是独树一帜，碧绿碧绿的。河上漂着层层浮萍，伴随着澄平如镜的河水，相互簇拥，相互排挤，使这江南水乡又多了一份生命的气息。随着河水摇摇摆摆的水草舒展四肢，似水中的绿衣舞女，翩翩起舞，轻柔飘洒。一会儿与河水的演奏配音，一会儿又与游人的船桨嬉戏，真是别有一番情趣。

岸边停靠着一艘艘小船。有的如同草鞋，简简单单，有的好似深宅大院，豪华而不修于外表，隐藏着内涵待人去揭开它神秘的面纱。然而，西塘最美的并不是这豪华的篷船，而是简陋的小舟。说它简陋似乎并不确切，因为它虽简却不陋，反映着西塘人的朴质、纯洁。只见那草鞋般的一叶小舟摇摇摆摆行驶于河中，划开一道道水痕，开出一道弯弯的水路。

西塘屋子也是古色古香。黑色的瓦，白色的墙，黑白分明。房椽上雕刻着各种各样的花纹。有龙有虎，有方有圆。有棱角分明的，也有尖尖翘翘的。每家沿岸的门前都有一级一级的台阶或一块石板。近水的台阶上爬满了青苔，也算是给清一色的石板增添一抹亮色。

曲曲折折的小巷幽静，安闲。也许是与城市生活还有一些距离吧，煤气并不是十分普及。家家生煤炉，摇着蒲扇，别有一番生活情趣。几个老人围在巷口拉着二胡，哼唱着传统的家乡小曲，可谓是晚年的又一大乐事。

度过了一天时光，夕阳的余晖亲吻着忙碌了一天的小镇，街上的人少了，店主开始收拾一天卖剩的商品，美滋滋地拆着支在外面的小摊。船夫收起船橹，兴冲冲地跳下船。忙了一整天的主妇此时却又忙开了。瞧，一家家的窗台冒出一缕缕淡淡的白色的炊烟，飘出一阵阵渔米饭菜的香味。伴随着夕阳西下，和家欢聚，其乐融融。这是一天最美的时刻。

清清的河水，大大小小的船只与幽静的小巷伴着皎洁的明月溶入这浓浓的水乡之夜……

海的梦

◎ 烈娃

想象一下吧，在海底旅行是什么滋味？有没有可能？

而我的确到过海底。不过，那是一片干涸了的大海。

从新疆素有“小上海”之称的阿克苏市出发，向西面距此一百多公里远的乌什县行进，不久便剩下满眼满眼的大戈壁，见不到一丝绿。令人不由得生疑：是否走到了宇宙尽头？

然新疆的奇迹恰在于：给你绝望便同时给你希望。

近中午时，太阳把石头晒得可以摊熟鸡蛋，车上的人也被这无处藏身的热折磨得奄奄一息，都合上了疲惫的眼睛打瞌睡。不知何时，一缕薄荷味的清凉扑面而来，令人不由得为之一振。这时，奇迹产生了——汽车已被铺天盖地的绿包围。

窗外，是一所在新疆尤其是在南疆司空见惯的维吾尔族村庄，与众不同之处在于它仿佛被绿的树绿的草和各种各样说不上名字的绿色灌木丛所掩埋所吞没。毫不夸张地说，几乎看不清任何一幢宅院，因为所有的房屋都被树木和植物遮盖缠绕。有人把话从车头传到车尾：这里就是当年猪八戒被王母娘娘罚来“劳动改造”的地方——高老庄。那时八戒心里憋着一股子气，就拼命埋头种树，没想到还造福千秋了。

离开高老庄不久，就到达了此行目的地乌什。

应当说，乌什县是我在新疆见到的最有情致的地方，且不说那顺着街道一路小跑的清泉是多么爱煞人，光是有关该县闻名全疆的八大景观的神奇美妙传说，就足以使人流连忘返了。

气候温润的乌什被誉为“塞外泉城”，城南的燕子山上多是沙砾夹杂着的海贝壳风化石。据地质工作者考证：在亿万年前的造山运动中，此地是一片汪洋，海贝壳类生物大量聚集，后来因为地壳产生强烈的变化，天山山脉拔地而起，天长日久，星移斗转，直到如今，只留得我们这些兴致勃勃的现代人，在早已干涸的海底走来走去，传说着一些隐约的故事，拣拾写满了宇宙密码的海底化石。至今，我的书架上那块拳头大小的燕子山海贝壳风化石，不知为多少人羡慕。任何时候只要抚摸它，我就即刻感觉沉入海底——一个美丽的梦幻世界。

燕子山东侧悬崖峭壁上有一块巨石，刻有“远迈汉唐”四个字，传说该石刻出自于清代末年一位乌什将领之手；也有说是后人为了纪念清朝刘锦棠，追歼阿古柏部的白彦战役而设，但据《孚化志略》记载，这块石碑早在此次战役之前就存在。

乌什八景还有青石嶙峋的城门“一夫当关”；花团锦簇的“小幽园”；汉代遗址“蛇墙烽台”，丝绸之路上的交通要道，传说唐玄奘去西天取经时翻越过的“拔达岭”等。但特别引人注意的还是燕子山南北相望，不到一里远的“七女坟”。传说一位维吾尔老农家有七个美似天仙的女儿，分别被巴依相中，但到娶亲的那天，七位女儿都相继自焚。

关于七女坟的传说也是各说不一，但无一不是歌颂独立自主，向往自由和幸福的爱情，鞭笞强权淫威的丑恶，充分反映了维吾尔族人民美好的理想和追求。

登燕子山的那天，恰逢农历十五。入夜时分，西边的夕阳尚未来得及完全沉落，把地平线染得血红一片，那个又圆又大的月亮就迫不及待地跳出来了。这样，我们又有幸看到一大奇观。

在燕子山俯瞰山脚那一字排开翻滚如沸的九眼泉水，本就有“不知今夕是何年”的梦幻感，何况今夜每一眼溪水潺潺的泉眼里，都荡漾着一个明晃晃的圆月。

嗬！九眼泉变成了九月泉。谁人能不被这九个月亮迷住？

夜不能寐了。总觉得枕下有流水潺潺，其实是千年的泉水在地的深处路过，引你入梦，伴你走遍四方。

此时此刻，真有点搞不清，如此多姿多态的乌什，究竟是亿万年前大海的一个美丽梦想，还是现实世界的乌什顽强地梦想着一个海一般的绚烂多彩世界。

或者是：海非海，梦非梦。

淌过四方街

◎杨 浩

淌过四方街的何止是玉泉河清澈的泉水，还有被滋润的目光。

丽江古城荣膺“世界文化遗产”后，四方八面的游客接踵而至。

金秋时节，我踏上这片倾慕已久的土地，拜访古城，不管王公贵族抑或平民百姓，一律步行。没有汽车的噪音，没有单车的冲撞，青石板铺设的街巷，在足音的声声叩击中，诉说着沧海桑田，世事更迭。漫步古城，轻松逍遥。古城风景，最引人入胜的当数潺潺流水。玉泉河的若干支流，丁丁冬冬，穿街走巷，仿佛一群天真活泼的顽童，一直伴在左右。

建于南宋末的丽江古城，300多座大小不一的石拱桥、石板桥、木板桥，像一根根项链，将花红柳绿、鸟语墨香的纳西人家串连于清波之间，轻描淡写中展现出的桥、流水、人家的美景。宛若伏羲八卦的街巷，典雅中折射文化。匠心独运的纳西祖先筑城时摒弃围墙，以四方街为主要通道，莫不是以此告诫子孙不要闭关守旧，不要围困自我？我不禁想到两个奇妙的现象。文革时全国各地相继竖起了高大挺拔的毛主席像，后来又相继消失了。而丽江红太阳广场的那尊毛主席塑像仍庄严雄伟地屹立在天地之间。另一个奇妙的现象是，藏传佛教从西藏传入丽江被纳西族吸纳后没再往内地传，汉传佛教从滇西传入丽江也被纳西族吸纳后没有再往外地传。纳西人心中有杆秤，不附庸风雅，不盲目随从。源远流长的东巴文化享誉西方，空灵飘逸的纳西古乐远渡重洋，人数不多的纳西族却有200多名具有高级职称的学者。文化是一个民族创造力和生命力的源泉，文化是一个民族的慧根和支柱。

思绪如水，牵动我深入古城。

环绕街巷的泉水在一个个岔道欢快地交汇，继而又激荡着各奔前程。是街巷分流了泉水，还是泉水划开了街巷？我选择一条泉水跟踪而行。殊不知，这个调皮的顽童拔脚闯入院落，抛下我孤零零立于空巷，忽听嘻嘻哈哈，原来调皮的顽童腰身一扭，闪出门庭，嬉笑着，奔跑着，欢呼着，我在这儿，我在这儿——

跟随泉水，踅进一户人家，主人递过草墩邀我入座，沏杯清茶让我小憩，没有因陌生人擅自入室而见怪，没有嘘寒问暖的客套，珍视每一次相遇相识的情缘，营造出他乡遇故人的亲和、友善，缕缕温馨与袅袅茶香，交织升腾。鹅卵石镶砌的院心，清风拂动的垂柳，垂柳上悬挂的鸟笼，鸟笼里鸣唱的画眉，还有花台上色彩纷呈的花草，诗情画意，恍惚中，人已坐进张择端的《清明上河图》。

古城许多人家夜夜枕着穿屋而过的泉水入眠，谛听泉水弹奏高山的执著、冰雪的坚韧，一代代纳西人由此陶冶出泉水般清纯的性情。古城的纯洁和优美均得益于水。

位居“茶马古道”，起源于商繁荣于商的古城，主营旅游产品的新义街、土特产品的五一街、民族服饰的七一街、文物古董的新华街、民族小吃的光义街、铜器银具的四方街，纵横交错，琳琅满目。青瓦白墙木结构的店铺内，面呈慈祥的店主少有商人的势利奸诈。徜徉古城，不会遭遇纠缠你兜售生意的商贩，也不会听到推销商品的吆喝。

老大妈们端个草墩聚在雕栏刻柱的房檐下，捻麻线，纳鞋底，唠家常，不时轻唤一声，将跑开去的毛头孙儿招回膝前，鹤发童颜的美须公，伸手沾沾门前的流泉，然后朝脚前一盆盆文竹、兰花、月季弹开手指，洒出一串晶莹的水珠。偶尔，从小巷深处飘来悦耳的纳西古乐，一颗颗珍珠般的音符，跳进泉水，激起一朵朵亮丽的惊喜。

本世纪四十年代初到丽江生活过九年的俄国人顾彼德写过一本《被遗忘的王国》，其中《纳西人的音乐美术及闲暇时光》

一文说："纳西人不但谙熟音乐，而且不少人毕生爱好绘画艺术，花鸟是他们最喜爱的主题之一。随处可见的是用浮雕和绘画装饰的门窗、天花板，堪称艺术宫殿般的民居。纳西人并非为名利而画，仅仅只是为了满足一下对美的追求而已。"顾彼德感慨万千地说："时间，在纳西人眼里是一位文质彬彬的良师，一位值得信赖的朋友。"

当竞争激烈的都市人忙得什么都有却没有时间，当贪得无厌的市侩穷得什么都没有却只有钱，丽江古城居民与清悠悠的泉水相依相伴的这份悠然恬淡，流露出享受时间的幸福，拥有平和的富足。欣羡之余，不禁扪心自问，滚滚红尘，忙忙碌碌，究竟想得到什么？

古人云："水尝无华，相荡而成涟漪。石本无火，相击而生灵光。"大江小河，最终都向东而去。东方，迎接太阳面向光明的方向。倾听生生不息的泉水，感悟人生的悲欢离合，民族的兴亡盛衰，是啊，只有流动，才不腐朽；只有前进，才能超越自我。

向时间的深处进发

◎ 徐成淼

一如它的名字那样，贵阳市郊的青岩镇，是一个有许多青色石头的地方。

走进青岩。从厚重的城门下走过，从高耸的牌坊下走过，目光在街旁的屋檐下停留，被那些散发出往事的气息的木屋所吸引，一种浓浓的家国之感便油然而生。是在这样一个僻远的古镇里，是在如此悠久的岁月中，写下的，是这样一些永远说不完的故事。

路上行人稀少，两旁的屋宇默默地立在那儿，宁静而安详。间或有几间小铺子，将几样传统的食品陈列在门口，为静静的街路增添了几分生气，天是蓝的，云是白的，石板是青的，调配成一种十分典雅的色调，要是能照此画下一幅水墨画就好了：两排木屋，中间一条石板路，路上走着三五行人，是蹇先艾笔下即将北上的学子，是石果小说中不期而至的儿子，是何士光笔下种包谷的老人；也许还有一个，那就是青年时候的我。

那么这就是时间了。时间原本是流动不居的，任何人也不能将它凝固。就是孔夫子也只能说：“逝者如斯夫，不舍昼夜。”而歌德笔下的浮士德，却忘记了宇宙的基本法则，一不小心，发出了“你真美呀，停留一下！”的呼喊。为此他受到了严厉的惩戒，时间未能“停留”，他自己却成了魔鬼的奴隶。只有在这里，只有在这座青岩小镇，时间俨然被“凝固”了，凝固在古老的城楼上，凝固在巍峨的牌坊上，凝固在石板路和小木屋中。

到那些小巷去走一走吧。真不知道那些已然枯黑的苔藓，是从哪朝哪代开始萌发的；也不知道那些苍藤的根，在时间的河床里扎得究竟有多深，长巷仄么，弯弯的石路上，印下了一代又一代人的足迹；两旁用一片片青石砌就的垣墙，沉积着一层又一层岁月的留痕，前边拐角处是一座门，木门半开，看见里面精致的天井里，百姓们的家居生活像历代一样循序演进。老者、孩童、女人，还有后生；站着的、坐着的、走着的、干着事的和闲着的。日子就这样一天又一天地过，太阳下去了，月亮升了上来；人也就这样，在不尽的轮回中一代又一代地嬗递。

几百年中，多少人从这里走出，又有多少人向这里走来。

是那位出名的进士吗？是那位出色的状元吗？书院、状元府、知名人物的故居、世纪伟人关注过的屋宇。每处都在向人们讲述远去了的时间，每处都在向人们讲述如烟的往事。遥想当年，在那座百岁牌竖起来的时候，这儿曾有过几多热闹；在那座节孝牌落成的时候，又有几多女子触景伤情。如今是辉煌也罢，伤感也罢，都已随时间的尘埃一一落定。当年日复一日的生活，已沉淀为历史，沉淀为传说；所有的悲欢离合，都发酵为供人叙说的遥远故事了。

小巷的尽头是一座古庙，古庙颓圮的院墙已经重砌，残损的檐顶和窗棂，也正在按原样修复。近旁的一株老树，正将午后的阳光筛落在凌乱的庭院里，空气中弥散着松脂和刨花的气息。只有木工的斧凿声，在扰乱小巷固有的静谧；阵风掠过，吹起一股木屑和微尘。门窗，帘笼，斗拱，上面雕着虫鱼花草，人物仕女，全都栩栩如生。就像把往事定格了，以便我们从容地去一一体认。置身于这样的场景中，我会在一瞬间忘记了自己身在何处，忘记了自己所处的时间和空间。外面的世界正红尘万丈，而在这儿，我却一次次与往事遭遇。

我们就这样走向时间的深处，走向那些在当今显得格外珍贵和稀罕的事物。在尘嚣蜂起的今日，许多旧物都随世事的变异消失了。只在这个黔中小镇里，时间的化石，还保存得如此清晰而完整。在这里，时间隧道是畅通的，我们可以沿着时光铺就的阶石，一步步走向历史，走向我们的先人，走向曾经有过的欢乐和伤痛。在这里，我们可以侧过耳朵，细细倾听他们当年的脉搏和呼吸，细细辨认他们的足迹和指纹。而且用我们的心更切近地体验他们的爱、他们的恨，他们的感情和憧憬。

走过古庙刚走完那堵灰黑的院墙，眼前突然一亮，是小巷走到了尽头。前面是新修的一条大路，有车、有人、有商号、有楼，也有冷饮车和小吃摊。一家音响铺子里，正播放着谢霆锋的新歌。两个摩登女郎从我面前走过，一阵木樨香型的香水味，在我的鼻根那儿缭绕不去。——这就是古往和今来的过渡，所谓生命，也就是过去和当下之间的这样一段距离。

那是一条长链，每一个链环都是一次偶然；每一个活着的生命个体都是亿万次偶然链接而成的产物。那么我也一样，我是世世代代祖祖辈辈的一次延续，是家国和民族的一支流脉，所以我总是由衷地尊重历史，在往事面前，我总是战战兢兢地满心生敬，先人留下的一切都值得我万分珍惜。因为没有他们就没有我，我血管中流的正是他们的基因。正因为此，我们需要一条时间的隧道，以便用这条纽带把我们与前人连接起来，把历史和现实连接起来，把昨天和今天连接起来。

青岩，就是这样的时间隧道的一处入口。

这样的小镇，如今已难得一见。

火与傈僳人

◎余　新

火与傈僳人是神奇而迷人的。

在怒江峡谷傈僳族村寨里，你会看到每间房子里都有一个终年不熄的火塘。傈僳人食宿起居、劳作、社交，都离不开火塘。

孩提时我的祖父常给我讲火的故事。上古时傈僳人不会生火，每天生火，火种都向邻居拜依家去要。后来取火种的小孩子经常失踪，人们认为是拜依家所为，就联络各村各寨把拜依驱逐他乡。拜依并不记仇，离别时把火镰生火的秘招传给傈僳人，从此，傈僳族就学会用火镰取火。

曾记得，祖父用的那把火镰弧形的镰口就磨得锃亮，还有一件打火的东西，把手的一端扣着的。也许祖父不要让儿孙们忘记火的渊源，虽然他在吸烟打火时用上了电子打火机，但他把火镰仍然当成传家宝，认真收藏起来。每隔一段时间或酒后兴浓的时候，就兴致勃勃地拿出火镰，给我们表演取火。祖父拿着火镰，卷起食指托起火石，火石上放一撮镰绒，用拇指把住，另一只手抓住火镰擦击火石，一下，两下，只见火星准确地溅在镰绒上，一缕青烟袅袅升起，火就这样诞生了。祖父表演完火镰取火，又开始咀嚼不知讲了多少次的火神的传说。火塘里有一位至高无上的神，它是保护傈僳人安康幸福吉祥的神，祖父时时告诫儿孙们在火塘边不许放置污秽的东西。是的，小时候不知有多少个夜晚，听着老人讲故事在温暖的火塘边入睡，使我时常在梦幻中飘茵落溷。仿佛在黑夜里人们熟睡在火塘边，周围有一群毒蛇猛兽张开血盆大口，跃跃欲试，图谋袭击，但火塘里的火越烧越旺，毒蛇猛兽不敢越雷池一步，也只好望而兴叹了。火塘的火是不得熄灭的。除非全家人都要离家很久。不论下地劳动或晚上睡觉，首先把火种捂好，保证火种的延续。不管何时饿了，用不着向大人纠缠，自己在火塘边扒一个灰场，把包谷籽放入灰场，用夹子轻轻的扒一扒，白花花的包谷花就炸开在眼前，吃下香喷喷的包谷花，再舀一瓢凉水咕噜噜喝下，鼓鼓的小肚子又可以让我捉半天蟋蟀。

傈僳人尊崇火神，每年的“阔时节”，秋后尝新米的时候，都举行祭火神仪式。记得阔时节的那天，大人小孩都守除夕。当夜幕降临时，一家老小跪在火塘边，祖父庄严地抽出长刀，刃口向上顿在肩上，手里还拿着一碗酒，朗诵着祭词：火神啊/一年的最后一夜儿孙们聚到了你的身旁/把一年的劳动收获献给你/待来年的时候/请给我们赐予你的力量/要把一切邪恶驱走/保佑我们一家人的平安/放牧让我们牛羊满厩/种地给我们谷满粮仓……祖父琅琅的祭词不断，把一撮撮盐巴、新米、肉片逐一供在火塘的三脚上。酒泼在三脚上燎起一阵阵火焰，照亮了周围凝气聆听的一张张脸，在这些面孔上，我真正地感觉到人人都从心底里恭候这位保护神。

火与傈僳人是和谐的。“阔时节”，村里的老人们都不约而同地相聚在一起，各人拿出玩火的绝技。记得祖父的绝技是“喷火”和用火治病两项。祖父表演时，往往把油含在嘴里，鼓气朝火把喷去。“轰”的一声，一团火球出现了。这还不算，祖父的拿手好戏还在于用火治病。

“上刀山下火海”向来用于向对方表达决心的程度，而真正的“上刀山下火海”只有在傈僳族的村寨里才能耳闻目睹。公元1999年12月一天下午，在怒江边一个傈僳族村子里，一大堆栗柴烧起熊熊篝火映红了天际，有节奏的锣声在山谷里回荡。应邀来演的五位傈僳族农民脱去脚上的鞋袜，光着脚，跃进火堆里，又立即跳出来，跳出来又跳进去，反复多次。他们还在火堆里翻跟斗、打滚，双手捧着红红的火炭，向空中抛散，与天空的星光遥相呼应。踩开的炭火像掀起的浪花，一阵阵耀眼夺目。此时，火是什么，我说不上来，我只好说，傈僳人是火的儿子，火在傈僳人心目中是神圣的。

那方的天空

◘ 池 晔

昨晚那场轰轰烈烈的大雨换来了天边索绕不去的蓝，偶现的淡蓝，飘渺、清冽、忧郁，它的眼神告诉我，这是云的故乡，水的归宿。我喜欢这种朦胧而温暖的感觉——一种彻底的升华，寻觅着这蓝，我的眼睛却陡然定格在他的住所上方，蓝色一点点地融化了……

他，是一个笨老头

他，常和我妈吵架

他，不惹人喜爱

他，我暗地里叫“木瓜”

他，是我的外公

……

总之，我恨他，大家都知道。因他的抛弃，外婆孤零零地度过着下半生。因此，我固执地认为，我以往的报复和他现在的孤独，都是上帝对他的惩罚。

孩提时代，妈妈带我去他那儿玩过几次，我每次去的目的当然是为了报复——一种很幼稚很愚蠢的很可笑的捣蛋行为，但在我看来，那么小就能干出这样的事，已经很恶毒了。我常蹿进他的厨房，往油坛里掺水，倒盐，他绝不会发现。

后来，更人的报复向他袭来。

上六年级时，他的第二任夫人果然患肺癌死了（我始终认为是我的诅咒起的作用）。她死那天早上我在利民桥碰到了去医院送饭的他，大清早，风冷冷的，他却只穿了件白衬衫，像是刚做完了运动。不经意间，我看到了他那刺眼的白胡子，白晃晃的，与他还显黑的头发形成鲜明的对比。他的胡子什么时候竟变白了？我感到一阵莫名的惶恐，急急地逃走了，本来也不愿打招呼。之后，心里本有些歉意了，可随之却更加恶化了——他居然叫妈妈斥责了我一番，因为那天早上，我没有向他问好。此后，我对他再没有一句话。

初一时，得知他与那女人的快30岁的儿子还未找到工作，并且被儿子的女朋友欺着，这才前往看他的窘相。肮脏的房屋，呆滞迟钝的目光，但他已经习惯了——活该！

不久，有了点新的变化，他又娶了，这个老太太很凶险，极像我们课本里鲁迅笔下的“圆规”杨二嫂。生活虽然有人料理了，但他的日子仍不好过。我常看到他那卑微的身影，常听到他迁就“圆规”的语气，那赔笑的脸，傻乎乎的样子——呆如木瓜。他就应该是这样！

我上初二了，他带着“圆规”常来我家，想来宣传自己的“幸福生活”啊?！我轰他走，他竟懒得理我！“毕竟是你外公嘛，他也是为了不麻烦我们才胡乱找了个伴儿。”妈妈真善变。“他是老人，需要关怀照顾。”爸爸居然也妥协了。我？死牛一头——犟到底！

一场大雨后，什么都改变了。

雨一直下，夜已经很晚，他打来了个电话，还找我?！

“喂，什么事?”极不耐烦。

“外公睡不着，就想跟你说会儿话。”很小心地。

“她呢？不在吗?”真想立刻挂断电话。

“我知道你初三了，没有时间来看我，前几天，本想带你和弟弟去公园玩碰碰车，但你母亲说你学习任务很重，没时间，便……”

“对，是这样的。”冷漠地回答，并憋着不笑出声来——我几岁了，还玩碰碰车？真是老糊涂了。

“如果你有时间，一定要来玩啊，我知道你还是常到你外婆那儿的。”有些委屈。

“哦……”

“那几天，我去你们家观察了一下，在你们院子里往西边看去，就可以看到我的家，很容易的，如果实在没有时间来，你就站在那里，看几眼我家吧！外公一定会知道的！”

“……”

我真不知道该怎么回答，好熟悉的声音，又好陌生的对话，全身受了一个晴天般的霹雳，猛烈地抖了一下——那是一位孤独老人颤抖的声音，那是一位外公乞求孙女施舍点亲情的声音，小心翼翼地，却比声声呐喊震人心弦。

多少年，我不知道跑了多少趟外婆家，喊过多少声外婆，而对他而言，一声“外公”就足以让他满足。我也曾在他说过的地方，看够了日出日落，赏倦了风云变幻，可我不会知道，也不会感觉到一位老人殷切企盼的目光。怎么会想到他所需的仅仅是我的一个眼神……

他的眼神？他的笑？他的话语……这是我的外公啊！

——呆呆的，傻傻的。

原来木瓜也需要爱。

蓝一点点地融成团团白云，看着这些云，我想到了外公给我买的棉花糖，咬一口，也挺甜的。

虎跳峡探险

◎佚　名

金沙江由滇、藏、川交界的德钦一路南下，来到丽江石鼓突然急转北上，形成了壮美的长江第一湾，北上的金沙江被玉龙、哈巴两大雪山挡住了去路，江水奋斩巨石，于两山间穿涌而过，造就了江面最窄处仅有30多米、以雄奇险峻著称的虎跳峡。虎跳峡是世界上落差最大的峡谷之一，相传曾有猛虎借助江心礁石一跃而过，从江这边跳到了对岸。凭借着脑海中这组零碎而神秘的镜头，“五一”长假十几个朋友相约踏上了徒步虎跳峡的旅程。

据介绍，虎跳峡堪称徒步旅游的经典线路。

虎跳峡全长36公里，分上虎跳、中虎跳和下虎跳三段，峡谷有险滩18处，峡口距离两侧的高山顶有3 900多米，我们的旅程便是三跳中最险要的中虎跳和上虎跳。开始徒步旅程时已是下午5:30了，吃了几口干粮稍作休息后，我们踏上了上山的路，起先一个个步履轻盈，稳健攀登，随着海拔的升高，逐渐胸闷气短、呼吸困难起来，全都张大嘴大口大口喘粗气，高原的阳光不动声色地慢慢西移，时值山花烂漫的五月，山林里满山遍野开满的粉白色杜鹃花与高山顶都笼罩在夕阳的余晖里，呈现出一片耀眼而美丽的金色。我们在山洼狭窄的Z字形山道上艰难地行进着，一侧是深谷，稍不留神便有性命之忧。

其实徒步虎跳峡没有地图也行，每一个当地人都会热情地为你指路，而且每到岔路口都有指明方向的黄箭头。埋头走了一阵，西天的晚霞渐渐褪去，月亮升上了天空，我们加快了行进的速度，伴着耳边呼呼的风声，时间仿佛停止了，平日里工作的烦恼与疲惫被抛得好远好远，眼前净是月亮、峡谷的诗情画意。再往前是一个很小的山村，只有几十户人家，因家家房前屋后都种有核桃树，故得名核桃园。核桃园是旅行者的一处栖息地，假如你不打算在林间搭帐篷露营，就可以住在那里。

饱饱睡了一夜，第二天艰辛而愉快的行程又开始了。这一路和昨天不一样，大都在下坡，同伴们边聊边走，显得有些轻松，有的竟然小跑起来。大约走了两个多小时，我们到了虎跳峡最窄最险要的地方中虎跳。中虎跳最有特点的景致要数满天星和一线天。金沙江水在这一段的峡谷中下跌了近百米，几个险滩里到处布满乱礁。激流在礁石间往返跳跃，如星石陨落江中，当地人把这里叫做满天星。这段路恰好穿行于峡谷腹地，两侧是雪山最高的主峰，从这里向峡口望去，随着弯弯曲曲的江流，高峰深谷把蓝天切成一线，你会有一种走到了天边的感觉，这个景致就是一线天。我们沿着下山的小路朝江边走，接近江边时，只见两山对峙，形如两扇铁门，当中一块青黑色的大石，就是虎跳石了，金沙江被大石从中劈开，翻卷起白色的滔天骇浪。躺在江边的大石板上，听着雷鸣般的涛声，物我两忘。

从中虎跳到上虎跳，最惊险的路段要数1公里的滚石区，幸而现在不是雨季，减少了山石滚下来的危险，但也时时能看到路上有从山顶坠落下被砸得四分五裂的石头，偶一抬头，崖顶上还悬挂着许多摇摇欲坠、随时会崩塌的大石，叫人望而生畏。过了滚石区，紧张的神经松弛了，顿时觉得口有些渴，举目四望，但见从哈巴雪山融化的一股瀑布泻入峡谷，清澈甘洌，于是痛饮了一番，然后向上虎跳奔去。

母亲的月饼

◎ 肖复兴

记得我小时候每到中秋节总是特别羡慕店里卖的自来红、自来白、翻毛、提浆，那时就只是这样传统月饼老几样，哪里有如今又是水果馅又是海鲜馅，居然还有什么人参馅，花脸一样百变时尚起来。可那时中秋的月饼在北京城里绝对的地道，做工地道，包装也地道，装在油篓或纸匣子里，顶上面再包一张红纸，简朴，却透着喜兴，旧时有竹枝词写道：“红白翻毛制造精，中秋送礼遍都城。”

只是那时家里穷，买不起月饼，年年中秋节，都是母亲自己做月饼。说老实话，她老人家的月饼不仅远远赶不上致美斋或稻香村的味道，就连我家门口小店里的月饼的味道也赶不上。但母亲做月饼总是能够给全家带来快乐，节日的气氛就是这样从母亲开始着手做月饼弥漫开来的。

母亲先剥好了瓜子、花生和核桃仁，搀上桂花和用擀面棍擀碎的冰糖渣儿，撒上青丝红丝，再浇上香油，拌上点儿湿面粉，切成一小方块一小方块的，便是月饼馅了。然后，母亲用香油和面，用擀面棍擀成圆圆的小薄饼，包上馅，再在小间点上小红点儿，就开始上锅煎了。怕饼厚煎不熟，母亲总是把饼用擀面棍擀得很薄，我总觉得这样薄，不是和一般的馅饼一样了吗？而店里卖的月饼，都是厚厚的，就像京戏里武生或老生脚底下踩着厚厚的高底靴，那才叫角儿，那才叫做月饼嘛。

每次和母亲争，母亲都会说："那是店里的月饼，这是咱家的月饼。"这样简单的解释怎么能够说服我呢？便总觉得没有外面店里卖的月饼好，嘴里吃着母亲做的月饼，心里还是惦记着外面店里卖的月饼，总觉得外面的月亮比自己家里的圆，这山望着那山高。其实，母亲亲手做的月饼是外面绝对买不到的月饼。当然，明白这一点，是在我长大以后，小时候，孩子都是不大懂事的。

好多年前，母亲还在世的叫候，中秋节时，我别出心裁请母亲动手再做做月饼给全家吃，其实，是为了给儿子吃。那时，儿子刚刚上小学，为了让他尝尝以往艰辛日子的味道，别一天到晚吃凉不管酸。多年不自己做月饼的母亲来了情绪，开始兴致勃勃地做馅、和面、点红点儿、上锅煎饼，一个人拳打脚踢，满屋子香飘四溢。月饼做好了，儿子咬了两口就扔下了。他还是愿意到外面去买商店里的月饼吃，特别要吃双黄莲蓉。

如今，谁还会在家里自己动手做月饼？谁又会愿意吃这样的月饼呢？都说岁月流逝，其实，流逝的岂止是岁月？

给父母爱我们的机会

田小勇

我坚决地把父亲给我的5 000元钱又塞回他的口袋。我给父亲买了车票、矿泉水、零食和水果，装了满满一兜。他在位子上坐下后，旁边一位大爷笑着对父亲说："老伙计，这是你儿子吧，真细心，看样子是个孝顺的孩子。"

父亲笑着说："他是个孝顺的孩子。"可是，父亲的笑很勉强。长途客车徐徐驶出站，父亲显得很失落。我隐隐觉得自己做错了什么，伤了父亲的心。

早晨，我和妻子刚起来，父亲大汗淋漓地出现在我们面前。正是农忙，父亲突然出现，让我吃了一惊，以为家里出了什么事。可是，父亲兴高采烈地拿出一沓钱来，说："听说你们要买房子，怕你们缺钱，就连夜给你们送来。钱虽然不多，但能解燃眉之急。"父亲把钱递到我手里的时候颇为得意，他昂着头，脸上满是笑意。

可是，我怎么能要这笔钱呢？

我把钱还给父亲，父亲却硬要我收下。妻子过来说："爸，这钱留着你和妈用吧，我们不能要你们的钱。"

难道父亲因为我不要他的钱而伤心？他一向痛恨那些向父母伸手，榨父母血汗钱的不孝子啊。我百思不得其解。

晚上，我给家里挂电话，询问父亲是否平安到家。母亲接电话说，父亲一到家就唉声叹气，说是老了不中用了，想给儿子出把力，儿子都不领情。末了，母亲说："儿子呀，你可伤你老爹老妈的心了。你买房子这么大的事，我们当父母的，啥力也使不上，心里可不是滋味啊！"

我本是一番好意，没想到却伤了两位老人的心。我心里郁闷，便到楼上同事家里坐坐。同事说："这钱你应该收下，而且还要装出刚好遇到困难的样子收下。"

同事说："父母对子女的爱就像一把伞。对于已经成年的子女而言，父母这把伞也许已经太小了，他们不再需要这把伞了。但是，对父母而言，他们希望自己这把伞能够永远撑在儿女的头上，替他们遮风挡雨。人老了，最怕的就是没有用的感觉。孝顺是一种美德，但是，孝顺并不仅仅是付出啊。适当的时候向父母小小地索取一下，满足老人家为人父母的一番心愿，那是对父母情感上最大的慰藉啊！"

仔细琢磨同事的活，觉得还真有道理。以前，父母来家小住，我和妻子什么家务也不让他们干，有时候，母亲抢着要做饭，也被我态度坚决地拉到客厅里坐下。结果，每次两位老人住不到两天就要回乡下去。每天什么事也不做，对他们而言，不是享受，是折磨啊！

想到自己那么生硬地拒绝了父亲，我愧疚不已。隔了一段时间，我给父亲打电话说："爸，新房装修好了，买电器还差几千元，你给我送点钱来吧，顺便住住我们的新房。"

父亲的声音很洪亮，我听到他大声地对母亲说："老婆子，明天我们给儿子送钱去。"那语气显得得意而自豪。

父亲和母亲再住进我们家的时候，我改变了策略：大部分的家务我和妻子做了，但每天都要留下那么一点点，装作很忙的样子，要父亲和母亲帮我们。两位老人乐呵呵应承着："你们上班忙，就放心地忙去吧，家务事就别操心了。"

妻子在母亲面前撒娇说："妈，你做的梅菜扣肉特别香，明天你做给我吃，好吗？"母亲一脸惊喜，说："真的吗？那我明天就给你们做。"

父母欣慰的笑脸，让我看到了为人父母被子女需要的满足。

我们爱父母，也要给父母爱我们的机会，适当接受父母的给予，满足他们做父母的心，也是成全他们的爱。

会飞的蒲公英

◎ 潘小娴

童年的我，在初夏，常常和妈妈去小木屋后面的山坡。山坡上盛开着一丛丛火红的杜鹃、鹅黄的迎春、淡紫的牵牛……我快活地拍着小手，蹦蹦跳跳采摘这些五颜六色的花儿，可妈妈却总是轻轻地挽着我走到山坡的另一侧，那里开满着一朵朵白色的小花。花儿怪逗人的：圆圆的脑袋，白白的茸毛，风一吹，就轻盈地飞了起来，飞呀飞，飞得老高老高的，我费了好大的劲，才抓住一朵飞在空中的小白花。

妈妈说：这是蒲公英，它从不满足于呆在偏僻的角落，最喜欢到外面的世界去闯荡。

妈妈的话，在我幼小的心灵里留下了很深的印象。晚上，我常常梦见自己变成了一朵白色的蒲公英，在广阔的世界上空飘荡。

不久，我上小学了，妈妈缝了个花书包给我，书包上绣着几朵白色的蒲公英，花旁还歪歪斜斜地绣着几个字——会飞的蒲公英。每天，我就像一朵快乐的蒲公英，在小木屋到学校的山路上飞来飞去。

一个有风的黄昏，我从学校跑回家，高兴地拉着妈妈来到开满蒲公英的山坡。我把老师刚刚教的儿歌《蒲公英的种子》唱给妈妈听，我一边唱一边在蒲公英丛中跳来跳去，一朵朵白色的小花在我的歌声中轻轻飘上了天空。妈妈的神情有些激动，目光亮亮的，深情地追随着那一朵朵飘飞远去的小白花。

从妈妈的目光里我仿佛看到了晚上常常做的那个梦：一朵白色的蒲公英，在轻风的吹送下，飞呀飞，飞过一间间古旧的小林屋，飞过一片片茂密的山林，飞进金色的阳光中……

带着这个白色的梦，我考上了中学。那个绣着蒲公英的花书包旧了破了，有几个深夜，妈妈把花书包放在桌子上，望了好久好久。后来，妈妈又守着小油灯，为我做了一件蓝色连衣裙，裙上绣着一朵白色的薄公英。每天，我穿着蓝色的连衣裙，在学校和山村的大马路上飞来飞去。

几年之后，一张从遥远的地方飞来的大学录取通知书，使我那关于蒲公英的梦更真切了。临别前的一个黄昏，风很大，妈妈和我不知不觉来到了小木屋后的山坡，山坡上一朵朵蒲公英飞得比以往更高了。我惊讶地睁大了双眼，妈妈站在离我不远的地方，眼睛里盈满了泪花。暮色渐浓，我和妈妈默默地往回走，快到小木屋时，妈妈拉了拉我的手，轻轻地说："孩子，你算是一朵会飞的蒲公英了，但你还要飞得更高一些。"

从此，我牢牢记住了妈妈的话，开始尽情地在大学的林阴小道上飞来飞去。

一年后，我把从林阴小道上飞进报纸和杂志的诗行寄给了山里的母亲，并写了一段话：妈妈，从你身边飞出的那朵娇嫩的蒲公英，不仅学会了飞，而且还懂得怎样才能飞得更高了。

很快，妈妈回信了，信里夹了一幅水彩画：一片蓝色的天空下，有一座开满了白色蒲公英的小山坡。画上题有一行字：山里的孩子。

这幅画里，我读出了母亲心中那片诚挚的向往——

蓝天下，一群群孩子，明亮的双眸，痴痴地凝望着山坡上一朵朵白色的蒲公英，口里欢快地唱着：我是一颗蒲公英的种子……

这不正是每一个山里母亲期待的画面吗？

竹是草最高的理想

◎ 陈家萍

她从小心性便高，慧眼慧心，成绩好，她能感到心里藏着一对翅膀，她听到心底一个声音：总有一天，我会飞走的，我不会永远留在这里，这里的天空多狭隘、龌龊。粗俗的农家伯叔，肥胖黑脏的农家婶婆，皆令她有感官上的厌嫌。尤其要命的是，周围女伴，长舌，闹气，搞派别，耍小心眼儿，使小性子。她们妒忌她，总是恶意挑起一些小事故，找她碴儿，给她难堪，群体跟她过不去，琐琐碎碎、看不见摸不着的流言，嘁嘁喳喳的碎语，令她怅恨而无奈。

有件事，深深地伤害了她。班里有位白净的男生，功课也好，他俩一说话，周围便嘘声一片，不用回头，她知道来自她村庄的几个小女生。她们编造了不堪的细节在班里传播……她想不通，同村的女生，怎么老是和她过不去，她们把聪明才智都用到对付她身上了……

快长大，快离开这里！她一面催逼着自己用功，一面鄙夷着周遭的一切。她愤愤地向母亲抱怨，她以为自己不应生在这里，不应与这些无理想、无追求、庸俗的人为伍。她掐算女伴的出路：小学或初中毕业，学两年裁缝或理发混混手，逃避农活，等到二八年纪，便由着媒婆将自己重彩礼典押给山外街道某殷实人家，婚后，挺着个大肚子坐在点心铺或商店门口收钱……

一群狗尾巴草。一群平淡无奇的喇叭花。她将自己严格地和伙伴们区别开。

渐渐地，她连爹娘也不耐烦起来。家里的灶台乌黑得令她难受。油罐上厚重的油渍令她一触便呕。爹不刷牙，老是拿毛巾在牙齿上擦。弟弟抠脚丫令她深恶痛绝。娘生气时的斥骂令她难堪。她一次次抗议，家人皆诧异：村里人家不都这样？她家算干净的了！

她也承认，娘算得一清爽人，将家拾掇得窗明几净。可是，她克服不了厌恶。视觉上的、听觉上的、心理上的。

家人对她很无奈，都叹气：你不该投胎在农村，你该投胎在城里。

而她听了更觉沮丧，这些，全是她的沉重，系着这些，她那对翅膀会一飞冲天吗？

烦恼像蛇纠缠在心底；郁闷是只小兽，不甘心关在心笼里，左冲右突，撕噬着她幼小的心。她动辄发无名火，生气，和家人闹别扭。

一日，她为一鸡毛蒜皮的事又和弟弟大动干戈。她操起一竿长竹，向弟弟扫过去。弟弟的腿立即红肿青紫。她吓坏了，她怎么了？她心里藏着什么样的恶魔，竟使她向亲爱的弟弟下毒手？她受着良心的磨难。

她一个人躲在竹林里哭，心疼弟弟，更痛恨自己。娘寻了来，拉住她的手。娘想转移她的注意力，娘说：都说你聪明，考你一个问题，竹子是不是草？竹子怎么会是草？她不屑地摇头。娘拍手：果然难倒了吧。告诉你，竹子是草。

她不信，去查科普小册。竹子果然是草。是最高的草。

她痴坐在竹林里，读竹。竹子从来不曾抱怨自己是草，它也从不迁怒于周围的草，它聪明地将自己一径拔高，草们的飞短流长便奈何不了它。它憋着一股子心劲儿，直往云霄上蹿，当它和蓝天白云青山小鸟近距离对话时，周围的草，谁也不能对它侧目、撇嘴、冷眼、讥嘲。它融于草，而高于草。竹是最睿智的草。竹是草的最高理想。

从此，她变了一个人。她好脾气地对待家人，有礼貌地招呼左邻右舍，变法子和伙伴们打成一片，她发现，她们的面目不再可憎，她们亦有可爱的地方，她们勤劳、务实、热心，就像山里的扒根草一样，是山区不可多得的风景。花草树木飞鸟鱼虫皆那么灵动可爱，她的每一天都那么丰盈愉悦。

那一年，她成为全县的高考状元，成了这所山村中学有史以来惟一的大学生。省市各家媒体都赶来采访，那篇报道的题目便是：《竹是草的最高理想》。题记摘自她的日记：不要怕埋没于周围的荒草中，只要心怀竹的美丽梦想。

大学毕业前夕她便考研，继而出国。如今，山里的娘常守在电视前，只为看某位国家领导和外国总统会晤的画画，因为，她常常端坐在这位国家领导身后，边记边翻译。村里有一所名曰“草之梦”的希望小学。校园里种植着一大丛葱翠浓郁的竹子。连娘也不知道，这所小学是她匿名捐建的。她希望在每个山娃子心里都移植着一个关于竹的绮丽的梦——她真正挺拔成一株竹，怀着草的柔情。

枫树告诉我……

◎ （英国）爱德华·西格勒

埃德加·杰克逊是位哲人，与妻子在新英格兰的乡间过着隐居生活。他曾对我说，如果我去他住的那一带，他将很乐意接待我。

几年前我听过他演讲，近来又读了他的几本著作。现在我想找他，是因为我觉得抑郁烦闷。我最近连遭金钱上的损失，加上痼疾，感到生活变得索然无味，所以我想借助他的智慧让自己摆脱这无尽的烦恼。

一个晴朗的冬日，我去他的农庄登门拜访。埃德加是位牧师，多年来写作、讲道而且乐于助人。不久前，他因严重中风一度右边身体瘫痪，不能说话。医生曾告诉他妻子艾丝特拉，他恢复说话的可能几乎等于零。可是他在几个星期后就能说话了，而且决心恢复更多的功能。

他站起来欢迎我。他中等身材，气度优雅，虽然拄着拐杖，动作缓慢，但两眼炯炯有神。他很高兴听到他的书对我有所帮助。我说我的确获益很多，不过一连串的挫折令我消沉苦痛，这样下去，我恐怕将不能自拔。

“你沮丧失望，了无生趣，都是由悲伤而起的。要紧的是将你的挫折失败完全倾诉出来，学会从接受现实中找到慰藉。”他又说，人不这样做，结果就会因忧伤而感到悲苦不平，甚至失望。而那些能够积极地表达哀痛的人，却可获得新的感受和更充足的信心。“这就是为什么你常听人说：我们必须吐露自己感受，表白自己的情绪。只有这样才可治疗创伤。”

“你看那里，”他指着窗外一排光秃秃的枫树说，这些枫树是早先的农庄主人在牧场周围种植的，现正面对着猛撼枯枝、把昨天残雪扫得缤纷闪落的刺骨寒风。

我们从侧面出去，踩在嘎吱作响的雪地上，慢慢向牧场走去。那是一大片多石的旷野。夏日野地绿草野花，现在却被霜冻弄得一片枯黄。我注意到每株枫树和另一株之间悬着好儿道旧的有刺铁丝。

“60年前，那位农庄主利用这些树来围住牧场，省掉了挖洞打桩的工夫。不过将有刺的铁丝钉人幼树的柔嫩树皮上，却令它深受创伤，有的幼树挣扎抵抗，有的则尽量适应。所以你瞧，这边的一株接受了有刺铁丝，已和它紧密地生长在了一起，但那边的一株则不然。”

他指着不远处一株外形被铁丝损毁的老树说："为什么那株树因竭力反抗有刺铁丝以致伤害了自己，这边一株却成为铁丝的主人而不是它的牺牲者？"

近旁的这株枫树没有一点伤疤，代替长条创伤疤痕的是从一边穿入，从另一边穿出的铁丝，简直好像是被凿孔器穿通一样。

"这棵树令我思索了很久，"我们转身返回他的住宅时，他说道，"是什么内在的力量使它能克服像有刺铁丝那样的创伤，不让铁丝扭曲它的余生？一个人要怎样才能将忧伤化为新的成长，而不容许它侵扰生命、破坏生命？"

埃德加承认，他无法解释枫树上所发生的一切。"但对人来说，"他接着讲下去，"事情就明显得多。人有办法对抗逆境，熬过那段悲哀的日子。首先，你得保持朝气蓬勃的人生观；其次，不要心怀不满，怨天尤人。最重要的，是你须尽一切努力对自己宽容一点。这是相当困难的，因为你必须费许多时间自省，而大多数人都很容易对自己过分吹毛求疵。听我说，跟自己讲和吧，原谅自己所犯的愚蠢错误。"

他沉思着向那排枫树又瞥了一眼，引我回到屋内。"如果我们处理忧伤得法，如果我们能，有刺铁丝就不能占上风。那样我们就可以克服任何忧患，让生活充满欢乐。"

"谢谢，我一定照办。"我答应他，然后和他握手告辞。

我驱车下山时，又一次把目光投向那一排枫树。那些枫树的枝干在寒风中摇曳着，似乎有许多话要对我说。

美丽的微笑与爱心

◎ （印度）特蕾莎

穷人是非常了不起的人。一天晚上，我们外出，从街上带回了四个人，其中一个生命岌岌可危。于是我告诉修女们说："你们照料其他三个，这个濒危的人就由我来照顾了。"就这样，我为她做了我的爱所能做的一切。我将她放在床上，看到她的脸上绽露出如此美丽的微笑。她握着我的手，只说了句"谢谢您"就死了。我情不自禁地在她面前审视起自己的良知来。我问自己，如果我是她的话，会说些什么呢？答案很简单，我会尽量引起旁人对我的关注，我会说我饥饿难忍，冷得发抖，奄奄一息，痛苦不堪，诸如此类的话。但是她给我的却更多更多——她给了我她的感激之情。她死时脸上却带着微笑。我们从排水道带回的那个男子也是如此。当时，他几乎全身都快被虫子吃掉了，我们把他带回了家。"在街上，我一直像个动物一样地活着，但我将像个天使一样地死去，有人爱，有人关心。”真是太好了，我看到了他的伟大之处，他竟能说出那样的话。他那样地死去。不责怪任何人，不诅咒任何人，无欲无求。像天使一样——这便是我们的人民的伟大之所在。因此我们相信耶稣所说的话——我饥肠辘辘——我衣不蔽体——我无家可归——我不为人所要，不为人所爱，也不为人所关心——然而，你却为我做了这一切。

我想，我们算不上真正的社会工作者。在人们的眼中，或许我们是在做社会工作，但实际上，我们真的只是世界中心的修行者。因为，一天24小时，我们都在触摸基督的圣体。我想，在我们的大家庭时，我们不需要枪支和炮弹来破坏和平，或带来和平——我们只需要团结起来，彼此相爱，将和平、欢乐以及每一个家庭成员灵魂的活力都带回世界。这样，我们就能战胜世界上现存的一切邪恶。

我准备以我所获得的诺贝尔和平奖奖金为那些无家可归的人们建立自己的家园。因为我相信，爱源自家庭，如果我们能为穷人建立家园，我想爱便会传播得更广。而且，我们将通过这种宽容博大的爱而带来和平，成为穷人的福音。首先为我们自己家里的穷人，其次为我们国家，为全世界的穷人。为了做到这一点，姐妹们，我们的生活就必须与祷告紧紧相连，必须同基督结合一体才能互相体谅，共同分享。因为同基督结合一体就意味着互相体谅，共同分享。因为，今天的世界上仍有如此多的苦难存在……当我从街上带回一个饥肠辘辘的人时，给他一盘饭，一片面包，我就能使他心满意足了，我就能驱除他的饥饿。但是，如果一个人露宿街头，感到不为人所要，不为人所爱，惶恐不安，被社会抛弃——这样的贫困让人心痛，如此令人无法忍受。因此，让我们总是微笑相见，因为微笑就是爱的开端，一旦我们开始彼此自然地相爱，我们就会想着为对方做点什么了。

孩子的守护天使

◎ （法国）卡西莫多

从前，有个孩子马上就要诞生了。因此有一天他问上帝："听说明天你就送我去人间了，但是，我这么弱小和无助，我在那儿怎么生活呢？"

上帝答道："在众多的天使中，我特别为你挑了一位。她会守候你、无微不至地照顾你。"

小孩还是拿不准自己是否真的想去，"但是在天堂，我除了唱唱笑笑外，什么也不做。这就足以让我感到幸福了。"

"你的天使每天会为你唱歌，为你微笑。你会感受到她的爱，并且因此而幸福。"

"如果我不懂人类的语言，他们对我说话时，我怎么听得懂呢？"孩子继续问道。

上帝轻轻地拍了一下孩子的脑袋说："你的天使会对你说

最最美丽、最最动听的话语，而这些都是你从未听过的。她会不厌其烦地教你说话。”

“如果我想与你说话怎么办?”

上帝胸有成竹地回答：“你的天使会将你的双手合拢，教你如何祈祷。”

“听说尘世有很多坏蛋，谁来保护我呢?”

“即使冒着生命危险，你的天使也会保护你的。”

“但是见不到你，我会难过的。”小孩小心翼翼地说。

听到这儿，上帝对着小孩笑了，“尽管我会一直陪伴你左右，你的天使仍会提起我，教你重返天堂之路。”

此时，天堂一片宁静，凡间的声音已可听到，小孩明白自己得赶紧上路了。他又轻声问了最后一个问题：“哦，上帝，假如我现在就出发，请你告诉我，我的天使叫什么名字。”

上帝把手放在小孩的肩上，答道：“你的天使的名字很容易记住，你就叫她——妈妈。”

春 天

邓宜平

我真的走进一个浓浓的春天里来了，在这个小小山城的一夜春睡，似乎分外的香甜，当我在一夜淅沥的春雨中醒来，我仿佛听到了画眉鸟儿清丽而婉转的叫声，春雨的气息从窗外飘来，而春山春水厚重的绿色也从窗外扑来，春天在这里仿佛箭似的把我的身心穿透了！春天就这样来了，像一个慈祥、宽厚的长者，他用他温暖的手轻轻地抚慰着经历了一个萧杀的冬天的你，他为你搬来灿烂的花和厚重的绿，他要你在他宽厚的胸怀里舒展疲惫的身心呢！我住在嘈杂的城市里，城市里灯红酒绿塞满了我的双眼，我是城市匆匆的行客，为着衣食也为着在城市缤纷的画屏上打下自己浅浅的印痕，在奔忙中我几乎忘了春天了，春天是一个如哲学般抽象的老人，他是从来不帮你去获取某种具体的利益的！然而春天终究以他那种不可抗拒的魅力和从容高贵的气质闯进了我的襟怀，春天把他的美丽系在孩子放飞的风筝上，系在阳台吐蕊的兰花上，系在被暖风吹开的春衫上；春天，真像一个战无不胜的强大军团呢！今天，我又走进这高高的春山里来了，一路的春景怎么也让我应接不暇，山上一串串亮丽的黄花令我惊喜，山上如火一般爆红的杜鹃使我激动，山上一阵阵浓郁的花香令我开怀；我是走进绿肥红也正肥的仲春里来了，我已经误了桃红李白鹅黄嫩绿的初春了，我已辜负了春天到来时那一声热情的问候了，我怎么被城市的烟尘遮蔽得忘了春天呢？还好还好，我正在享受一个浓浓的仲春，我还有一个绿肥红瘦的暮春呢！

我对自己说，抬起头来吧，望一望苍苍的远山，看一看绿绿的春水，抚一抚柔韧的杨柳，你会感到心旷神怡的，你莫再辜负这个满盈着生命活力的季节了！

春天的发现

◎ 谢安妮

春天，是一个充满生机的季节，也是一个美丽的季节，今年的春天，像一个雍容而调皮的小姑娘故意姗姗而来。一年之计在于春，春风吹过，万物复苏，勤劳的人们为了秋收丰硕的果实，正忙碌地耕耘播种，撒下希望的种子。

虽然，春天她的第一个脚步，总是踏市在寒气犹存的人间和大地。但是，她使冰河碎裂，使万物舒展变柔，生机勃发，使每一颗美好的心都充满幻想和希望。

在睡梦中，我朦朦胧胧地听到了小燕子在“唧唧，唧唧”地叫着。哦！原来是春天来了。我走出家门。春雨过后，空气显得特别地甜润、清新、我深深地呼吸着，感受着。

轻风微微地吹拂，如毛一般的细雨从天而降，千万条柔柳，舒展着她们的筋骨。瞧！那脆弱而娇嫩的小草正破土而出，好一派春意盎然的景象啊！春天真美啊，春天真可爱。春天，她给予了人们生机，给予了我希望。

萧索单调的冬季里，总是在盼望春天。盼望她的草长莺飞，丝绦拂堤，盼望她的千树琼花，碧波涟漪，盼望她的兰馨蕙草，润物如酥；盼望她的春色满园，落红如雨。

如今，春天即在眼前了，一伸手便可触摸到她湿润的发梢，感受到她温暖的呼吸，可春天，到底是怎样的呢？

春是悠然自得吗？“春水碧于天，隔船听雨眠。”春水粼粼烟雨蒙蒙的江波之上，人儿悠哉游哉地在画舫里听雨而眠，雨也怡然，风也缱绻，是何等的惬意，而“有约不来过夜半，闲敲旗子落灯花”，又是何等的悠闲。

还是万物复苏？“竹外桃花三两枝，春江水暖鸭先知。”小鸭子入水了，岸上桃花点点枝头，春意盎然。“几处早莺争暖树，谁家新燕啄春泥。”小燕子回家了，呢喃着搭着新窝，鸟鸣山涧，春回大地，花也粲然，燕也欣然。

春是情意切切吗？“夜月一帘幽梦，春风十里柔情。”似是月光如水的夜里，独对绣帘而做的清幽美梦，又似是十里春风扬州路上的一片若许柔情。

还是不解风情？“花褪残红青杏小……多情总被无情恼。”满枝的海棠，你又怎舍得一夜之间将她变得绿肥红瘦？“夜来风雨声，花落知多少？”，一抹明媚的春光，竟无法留住这纤弱的美丽。片片落红如蝶飞舞，萎地无声，捡拾起飘零的花瓣，任忧伤满怀。

春是离人眼中的一滴泪吗？“春衫著破谁针线，点点行行泪痕满。”孑然孤客，长年漂泊，感伤春日又将过，有家归未得，春衫破，无人补，伤心泪，满衣服。“细看来不是杨花，点点是，离人泪。”杨花三分春色，二分落于尘土，一分细随流水，花已落尽，待凝眸，分明是离人清泪。

故人是襟前的一枝花？“春风知别苦，不遣柳条青。”春风定是知道了此去经年，应是良辰好景虚设，故迟迟不舍把亭旁的柳枝变青。可是十里长亭外，故人终须别，那么，就折一朵相送的花，把祝福别在襟上吧，而明日，又隔天涯。

春是一纸写意渲墨吗？“日出江花红胜火，春来江水绿如蓝。”嫣红如火的江花星星点缀着碧蓝的江水，水流云在，春日的阳光淡淡洒在江面上，一抹微红粼粼而起，让人见了，都想拿起水墨画笔，把这幅美景临摹带回家。

还是一卷工笔勾勒？“一树春风千万枝，嫩于金色软于丝。”春风轻柔，杨柳垂丝皆画，不知是谁的纤纤素手，将这千条万条的柳丝染上了青翠，嫩黄？信步雨后的古桥上，芬芳素雅，仰望斑驳的松枝间，月朗星稀。

春，暖人心脾，“沾衣欲湿杏花雨，吹面不寒杨柳风。”

春，稍纵即逝，“林花谢了春红，太匆匆。”所以“有花堪折直须折，莫待花落空折枝。”

春，沁凉润透，“天街小雨润如酥，草色遥看近却无。”

春，酒里飘香，“借问酒家何处有，牧童遥指杏花村。”

春，魂牵梦绕，“春归何处？寂寞无行路。若有人知春去处，唤取归来同住。”

……

呵，我试着要解读春天，可我发现她太绚烂，有没有这样一支笔，能画出柔媚欲滴的春色？我又发现她太短暂，有没有这样一扇窗，能留住一纵即逝的春光？一季季的春来了又去，去了又回。究竟春为何物，我想，你我心中，早已有了答案。

四季的帆

李佩芬

春

是谁洒下了一季的亮丽与一时节的灿烂？是谁抛满了一地的紫花与一原野的翠绿？

每当天际响起一阵阵如洪钟般的春雷，每当天上飘起一丝丝如银针般的春雨，每当天边带来了燕子的影子……春，就轻轻悄悄地来了！我爱春，爱她带来了温暖与和煦，更捎来了生机的讯息。

看那春雨过后，如穹庐般的春天挂了一弯七彩的桥，有如人脸上的微笑，使人迷醉。春神，你是否就是从这桥上姗姗而来？聆听那山泉的回响，琤琤淙淙的乐声，不是很像那会自动奏出美妙旋律的白鹃吗？瞧那在树梢上的啾啾合唱团，此起彼和，正赞颂着这可人的春天，放眼望那蔚蓝的天空之中，点缀着几朵洁白悠悠的白云 朋友，何不“抛开忧郁，忘了那不如意；走出户外，让我们看云去”？

俗说：“一花一生命，一草一永生。”就让心扉敞开，温暖你天使般的心灵！

夏

不知为什么，一直很喜欢“仲夏夜之梦”这首曲子，除了那飘扬的音符深深地吸引我之外，尤其是曲名，给我梦幻而又梦似雾的感觉，特殊而熟悉……好遥远好遥远……

在炎炎的夏季里，流连在碧蓝海边，是一种至高的乐趣和享受。海，这千变万化而变幻莫测的自然奇景，安静得出奇：金黄的阳光洒在平静的海面上，有如一湖洒满金粉的湖水，耀眼而夺目。有时波涛汹涌的巨浪，夹着一朵朵雪白的浪花，有如一头发威的猛虎，正在扑击一弱小的羔羊，那猛厉的攻势与一声声的长啸，使人不寒而栗！而每当金鸟西附，天空仍抹有一胭云彩时，海天交映，海底深处也似乎发出一串串的低吟，海啊！你到底是在咏叹什么？

望着渐变黝黑的大海，想银河的浩瀚，想宇宙的奥秘，想人生的目的，想人类最后的归处……唉！睡吧！仲夏夜之梦应是甜美的！

秋

曾为《秋之思》这首曲子而迷惘："中庭地白树栖鸦，冷露无声湿桂花，今夜月明人尽望，不知秋思在谁家？"也曾为马致远的《天净沙》"枯藤老树昏鸦，小桥流水人家，古道西风瘦马，夕阳西下，断肠人在天涯"而饮泣。秋，是怎样萧瑟的一个季节啊！

在苍凉的秋夜，寻一轮明月，觅一林幽谧 寄语远方的友人：你曾说"友谊像不凋的花，似永恒的烛光"，然而，年复一年，为何梦里仍寻不着你的音讯？片片枫叶蕴含了我的无限思念，且让水晶似的船，载给你一个水晶似的祝福！

寄语白云后的故乡：那开封城琉璃塔的晶莹，那洛阳城牡丹花的艳丽与白马寺的壮观，那龙门千佛岩的古色古香遗迹……往往在我梦中回莹梦转。只是，我要到何年何月才能目睹你飞扬的神采？

冬

高挂在天上的是孤独，坠落在人间的沉寂冬，洒满了一山的柳絮，送来了寒瑟的北风，有句话说："岁月如流成枯枝，日月如梭韶华逝。"冬啊！我该恨你的早降，还是该怨春的迟临？

成长的过程是苦涩的，但我们实毋须害怕，因为在每一次哀伤的背后，都有一份成长的喜悦，就如松柏凌霜雪而弥劲，春天总是伴随在严冬之后。有人曾说：“群鸥碌碌，知飞行意义有几？芸芸众生，知生命真谛有几？”不知他是否找到了真切的答案？但是我相信：生命的真谛在自然里，人生的意义在四季中，且让我扬起四季的帆，航向那希望的明天。

我喜欢

鞠晨瑜

我喜欢，我喜欢姹紫嫣红的春天，因为春天可放飞理想风筝。春天给我们送来温暖的阳光，我们沐浴在金色的春天里。我喜欢，我喜欢绵绵细雨的春天，因为春雨是那么稀少珍贵。春天是那么生机勃勃，趣味盎然！

我喜欢，我喜欢满目苍翠的夏天，因为夏天可纵情泳池游泳。夏天给孩子们带来欢乐，他们是夏季里最快乐的天使。我喜欢，我喜欢狂风暴雨的夏天，因为夏雨是那么豪爽干脆。夏天的荷花给我们露出笑脸，夏天的荷叶向我们展示魅力。

我喜欢，我喜欢红叶似火的秋天，因为秋天可郊外野炊登山。秋天给人们带来丰收的喜讯，收获的喜悦挂在人们的脸上。我喜欢，我喜欢冷雨敲窗的秋天，因为秋雨是那么思绪万千。色彩斑斓的秋天给人们留下美好的梦想。

我喜欢，我喜欢白雪皑皑的冬天，因为冬天可快乐地打雪仗。我喜欢，我喜欢鹅毛大雪的冬天。因为冬雪是那么赏心悦目。冬天给人们带来特别的惊喜，北国风光是那么吸引游客。人们在雪地里尽情地划着雪橇，欢乐的笑声响彻云霄。

我喜欢，我喜欢千变万化的四季，因为四季的变化令人惊奇。我喜欢，我喜欢丰富多彩的季节。因为季节是那么变化多端。四季的景色轮流经过，我们又长了很多季节的见识。

春天的描写

◎ 佚　名

春天的江南是美丽的，风很柔和，空气很清新，太阳很温暖；大田里的麦苗像一片海，星罗棋布的村庄是不沉的舟，纵横交错的弯弯曲曲的河道，河边的柳枝吐了嫩芽，芦苇边钻出来放时透青了；河道里平静的水，从冬天的素净中苏醒过来，被大自然的色彩打扮得青青翠翠。

最先是朝阳的山坡处的雪在融化，慢慢地露出黄黑色的地皮，雪水滋润着泥土，浸湿了去年的草植；被雪盖着过了冬眠的草根苏醒复活过来，渐渐地倔强有力地推去陈旧的草植烂叶，奋力地生长起来。在同时，往年秋天随风摇落下来的草木种子，也被湿土裹住，在草殖着根须，争取它们的生命。

今年的节气自然是晚了一些，蝴蝶们还很弱；蝶儿可是一出世就那么挺拔。好像世界确是甜蜜可喜的。天上只有三四块不大也不笨重的白云，燕儿们给白云上钉小黑子玩呢。

大自然在春天曾经显得俏丽、欢乐，像一个眺用将来的姑娘；草地变成金色，秋天的花朵露出它们苍白的花瓣，雏菊现在很少用白色的眼睛截破草地，色调转为浓重，阳光已经倾斜，让橙黄色的和倏忽的微光，让长的闪亮的痕迹溜进树林里面，这些痕迹像向你告别的妇人的拖在地上的袍子一样，很快就过去了。

当春间二三月，风微微的吹拂着，如毛的细雨无因的由天上洒落着，千条万条的柔柳，齐舒了它们的黄绿的眼，红的、白的、黄的花，绿的草，绿的树叶，皆如赶赴市集者似的奔聚而来，形成了烂漫无比的春天时，那些小燕子，那么伶俐可爱的小燕子，便也由南方飞来，加入了这个隽妙无比的春景的图画中，为春光平添了许多的生趣。

万里晴空，阳光灿烂。春姑娘晒得都眯缝起眼睛来了。那嫩绿的新叶，那田野的薄雾轻烟，像她的衣衫。随着她春意的步伐，那青青的小草，破土而出，简直要顶着脚站出来啦。

西双版纳的气候四季如春，然而春天仍然是最美好的季节。正是在春天，在傣族的泼水节的前夕，我们来到了被称为西双版纳的一颗“绿宝石”的橄榄坝。当我们从澜沧江的小船踏上这片土地时，立刻觉得好像来到了一个天然的热带大花园。到处是浓阴匝地，繁花似锦。走在村寨之间的小径上，就好像是走在精心修建起来的林阴路一样，只有从浓密的树叶的缝隙里洒下来的太阳的点点金光。

春光在万山环抱里，更是泄露得迟。那里的桃花还是开着；漫游的薄云从这峰飞到那峰，有时稍停一会，为的是挡住太阳，教地面的花草在它的阴下避避光焰的威吓。岩下的阴处和山溪的旁边长满了该藤和其他凤尾草。红、黄、蓝、紫的小草点缀在绿茵上头。

时序如旋轮。秋天过去了。冬天过去了。司春之神于是欣然驾临。蜂蝶成群来翩舞，百鸟结队来唱歌，杂花纷然披陈于树梢上。氯氟的南国，这时已装载不下旺盛的勃发的生机。

这是万木争荣的季节。在遥远的地平线上，威严地站立着的已不是冷酷的冬。老叶不必寨奉，或者说不必作那悲壮的自我牺牲来保护树木捱过冷酷的冬罢。在这里，就连冬天的阳光也灿烂如碎金，雨水温润而充足，地表下有取之不尽的营养。万木在和风中一样做它们欢乐的梦。

黄山记

◎ 徐 迟

只见云气氤氲来，飞升于文殊院、清凉台，飘拂过东海门、西海门，弥漫于北海宾馆、白鹅岭。如此之漂泊无定，若许之变化多端。毫秒之间，景物不同。同一地点，瞬息万变。一忽儿阳光普照，一忽儿雨脚奔驰。却永有云雾，飘去浮来；整个的公园，藏在其中。几枝松，几个观松人，溶出溶入；一幅幅，有似古山水，笔意简洁。而大风呼啸，摇撼松树，如龙如凤，显出它们矫健多姿。它们的根盘入岩缝，和花岗石一般颜色，一般坚贞。它们有风修剪的波浪形的华盖；它们因风展开了似飞翔之翼翅。从峰顶俯视，它们如苔藓，披覆住岩石；从山腰仰视，它们如天女，亭亭而玉立。沿着岩壁折缝，一个个的走将出来，薄纱轻绸，露出的身段翩然起舞。而这舞松之风更把云雾吹得千姿万态，令人眼花缭乱。这云雾或散或聚，群峰则忽隐忽现。刚才还是倾盆雨，迷天雾，而千分之一秒还不到，它们全部停住、散去了。庄严的天都峰上，收起了哈达；俏丽的莲蕊峰顶，揭下了蝉翼似的面纱。阳光一照，丹崖贴金。这时，云海滚滚，如海宁潮来，直拍文殊院宾馆前面的崖岸。朱砂峰被吞没，桃红峰到了波涛底，耕云峰成了一座小岛，鳌鱼峰游泳在雪浪花间。波涛平静了，月色耀眼。这时文殊院正南前方，天蝎星座的全身，如飞龙一条，伏在面前，一动不动。等人骑乘，便可起飞。而当我在静静的群峰间，暗蓝的宾馆里，突然睡醒，轻轻起来，看到峰峦还只有明暗阴阳之分时，黎明的霞光却渐渐显出了紫蓝青绿诸色。初升的太阳透露出第一道光芒。从未见过这鲜红如此之红，也从未见过这鲜红如此之鲜。一刹那火球腾空，凝眸处彩霞掩映。光影有了千变万化，空间射下百道光柱。万松林无比绚丽，云谷寺豪光四射。忽见琉璃宝灯一盏，高悬始信峰顶。奇光异彩，散花坞如大放焰火。焰火正飞舞。那暗呜变色，叱咤的风云又汇聚起来。笙管齐鸣，山呼谷应。风急了。西海门前，雪浪滔滔。而排云亭前，好比一座繁忙的海港，码头上装卸着一包包柔软的货物。我多么想从这儿扬帆出海去。可是暗礁多，浪这样险恶，准可以撞碎我的帆桅，打翻我的船。我穿过密林小径，奔上左数峰。上有平台，可以观海。但见浩瀚一片，辽无边际，海上蓬莱，尤为诡奇。我又穿过更密的林子，翻过更奇的山峰，蛇行经过更险的悬崖，踏进更深的波浪。一苇可航，我到了海心的飞来峰上。游兴更浓了，我又踏上云层，到那黄山图上没有标志，在任何一篇游记中无人提及，根本没有石级，没有小径，没有航线，没有方向的云中。仅在岩缝间，松根中，雪浪折皱里，载沉载浮，我到海外去了。浓云四集，八方茫茫。忽见一位药农，告诉我，这里名叫海外五峰。他给我看黄山的最高荣誉，一枝灵芝草，头尾花茎俱全，色泽鲜红像珊瑚。他给我指点了道路，自己缘着绳子下到数十丈深谷去了。他在飞腾，在荡秋千。黄山是属于他的，属于这样的药农的。我又不知穿过了几层云，盘过几重岭，发现我在炼丹峰上，光明顶前。大雨将至，我刚好躲进气象站里。黄山也属于他们，这几个年轻的科学工作者，他们邀我进入他们的研究室。倾盆大雨倒下来了。这时气象工作者祝贺我，因为将看到最好的景色了。那时我喘息甫定，他们却催促我上观察台去。果然，雨过天又青。天都突兀而立，如古代将军。绯红的莲花峰迎着阳光，舒展了一瓣瓣的含水的花瓣。轻盈的云海隙处，看得见山下晶晶的水珠。休宁的白岳山，青阳的九华山，临安的天目山，九江的匡庐山。远处如白练一条浮着的，正是长江。这时彩虹一道，挂上了天空。七彩鲜艳，银海衬底。妙极！妙极了！彩虹并不远，它近在目前，就在观察台边。不过十步之外，虹脚升起，跨天都，直上青空，至极远处。仿佛可以从这长虹之脚，拾级而登，临虹款步，俯览江山。而云海之间，忽生宝光。松影之阴，琉璃一片，闪闪在垂虹下，离我只二十步，探手可得。它光彩异常。它中间晶莹。它的比彩虹尤其富丽的镜圈内有面镜子。摄身光！摄身光！

这是何等的公园！这是何等的人间！

神秘的错高湖

边巴扎西

到过西藏的人们，如果没有去过西藏的“江南”——林芝，那么应该是一个遗憾。到过林芝的人们，如果没有亲临过错高湖，那么，应该是一个大的遗憾。错高湖，位于林芝西北部的贡布江达县错高乡，那里气候宜人，景色优美。

湖的周围是连绵不断的山峰。湖水碧绿，清澈见底。无风的时候，水平如镜，朵朵白云，青青山影倒映于湖面，山光水色，融为一体。大大小小的鱼儿在水中穿梭，好像是在崇山、白云之间游动，使人仿佛置身于仙境。

那湖水，被当地人们誉为“圣水”。它冬暖夏凉，当大自然被浸渍于严寒之际，它却依然碧波荡漾。湖中鱼类繁多，湖边珍禽成群，传说湖底还有怪畜猛兽。也有人称自己亲眼见过两条大鱼，说是一条就有几辆卡车连起来那么长，当它们游出湖面嬉戏的时候，搅动得湖水像开了锅一样。这给错高湖又增添了几分神秘色彩。有时候，人们还能看到这样的幻景：湖面映出了草原、雪山，甚至能清楚地看到拉萨繁华市场的一角和法会的热烈场面。这些，就是所说的海市蜃楼吧。

最给湖面添色的，自然应是湖中的那座小岛。小岛圆如一顶毡帽，周围绿树环绕，中央便是那远近闻名的格萨尔王庙。传说格萨尔王东去灭妖归来，路经错高湖，被那里的景色深深吸引，便在这座小岛上停下来，欣赏湖光山色，久久不愿离去。后人为了纪念他，便在小岛上建起了这座格萨尔王庙，立起了他的塑像，记下了他的伟迹。庙内，终日油灯闪烁，经声不绝；庙外，香烟弥漫，金幡飘动，引来了无数信徒和观光者。

湖四周的山上，是人迹罕见的原始森林，遮天蔽日。人在里面，只能借助点点光斑看清景物。各种小鸟鸣叫着从头顶上飞过。如果你幸运的话，还可以见到麝、鹿等珍贵动物。初秋，青杆菌、娃娃菌、香菇等各种可口的蘑菇长满了大山，为当地人们带来了口福和财富。

错高湖，以它那独特的景色和浓郁的宗教色彩，吸引着千千万万的人们。据说，将来还要在这里兴建马路、宾馆等，让更多的人来领略大好风光，认识西藏，认识中国。

错高湖，家乡的湖，你是你的儿女们的骄傲，你是你的儿女们的光荣。你的今天无限美好，你的明天将会更加光辉灿烂。

欣赏使人变美

◘ 廖　钧

19世纪末，美国西部的密苏里有一个坏孩子，他偷偷地向邻居家的窗户扔石头，还把死兔子装进桶里放到学校的火炉里烧烤，弄得臭气熏天。他9岁那年，父亲娶了继母，父亲告诉她要好好注意这孩子。继母好奇地走近这个孩子。当她对孩子有了了解之后说："你错了，他不坏，而且很聪明，只是他的聪明还没有得到发挥。"

继母很欣赏这个孩子，在她的引导下，这孩子的聪明找到了发挥的地方，后来成了美国当代著名的企业家和思想家。这个人就是戴尔·卡内基。

台湾作家林清玄去一家羊肉馆用餐，老板对他说："你还记得我吗？"林清玄说："记不起来了。"老板拿来一张20年前的旧报纸，那里有林清玄的一篇文章，那时他在一家报社当记者。这是一篇关于小偷的报道，小偷手法高超，作案上千次，次次得手，最后栽在一个反扒高手的手上。文章感叹道："像心思如此细密，手法如此灵巧的小偷，做任何一件事情都会有成就的吧！"老板告诉他："我就是那个小偷，是你的这段话引导我走上了正路。"

连小偷身上也有可欣赏的地方，连小偷也能在欣赏的引导下走上正路，我们周围还有什么人不能欣赏、不能被引导呢？

学会欣赏别人吧！欣赏你的同事，你和同事之间会合作得更加亲密；欣赏你的下属，下属会工作得更加努力；欣赏你的爱人，你们的爱情会更加甜蜜；欣赏你的孩子，说不准他就是下一个卡内基……

捡起地上的鸡毛

◎佚　名

圣菲利普是16世纪深受爱戴的罗马牧师，富人和穷人追随着他，贵族和平民也都喜欢他，这一切都是因为他的善解人意。有一次，一位年轻的女孩来到圣菲利普面前倾诉自己的苦恼。圣菲利普明白了女孩的缺点，其实她心地倒不坏，只是她常常说三道四，喜欢说些无聊的闲话。这些闲话传出去后就会给别人造成许多伤害。

圣菲利普说："你不应该谈论他人的缺点，我知道你也为此苦恼，现在我命令你要为此赎罪。你到市场上买一只母鸡，走出城镇后，沿路拔下鸡毛并四处散布。你要一刻不停地拔，直到拔完为止。你做完之后就回到这里告诉我。"

女孩觉得这是非常奇怪的赎罪方式，但为了消除自己的烦恼，她没有任何异议。她买了鸡，走出城镇，并遵照吩咐拔下鸡毛。然后她回去找圣菲利普，告诉他自己按照他说的做了一切。

圣菲利普说：“你已完成了赎罪的第一部分，现在要进行第二部分。你必须回到你来的路上，捡起所有的鸡毛。”

女孩为难地说：“这怎么可能呢？在这时候，风已经把它们吹得到处都是了。也许我可以捡回一些，但是我不可能捡回所有的鸡毛。”

“没错，我的孩子。那些你脱口而出的愚蠢话语不也是如此吗？你不也常常从口中吐出一些愚蠢的谣言吗？你有可能跟在它们后面，在你想收回的时候就收回吗？”女孩说：“不能，神父。”

“那么，当你想说些别人的闲话时，请闭上你的嘴，不要让这些邪恶的羽毛散落路旁。”

生活中，如何说话，尤其如何谈论别人，需要我们慎重考虑。

人生的试金石

◎ 张廷赏

当著名的亚历山大图书馆在一次火灾中被毁之后，人们在废墟中发现了残存的一本书。可惜这本书没有任何学术价值，政府打算把这本书拍卖掉。由于大家都知道这本书没有任何学术价值，没有人打算买这本书。最终，一个穷学生以3个铜币的低价购得这本书。

这本书不但没有学术价值，内容也枯燥无味。那名穷学生在少有其他书可读的情况下，还是经常把这本书拿出来翻阅。翻到后来，书被翻破了，书脊里掉出一个小纸条，上面写着试金石的秘密：试金石是能把任何金属变成纯金的一种小鹅卵石，它看起来和普通的鹅卵石没有两样，静静地躺在沙滩上。然而，一般的鹅卵石较冷，只有试金石摸起来是温暖的。

穷学生获知这个秘密后，欣喜若狂，立即赶到大海边寻找试金石。穷学生满怀信心地挑选着那些鹅卵石，可是那些石头摸起来都是凉凉的。穷学生渐渐地有些失望了，他愤懑地把捡起来的每块凉凉的鹅卵石朝大海深处扔去。他就这样日复一日、年复一年地在海边扔鹅卵石，而且扔鹅卵石的力气越来越大，那些鹅卵石也被越扔越远。

境由心造，一个人的处境是苦是乐常是主观的。有人安于某种生活，有人不能。因此能安于自已目前处境的不妨就如此生活下去，不能的只好努力另找出路。你无法断言哪里才是成功的，也无法肯定当自已到达了某一点之后，会不会快乐。有些人永远不会感到满足，他的快乐只建立在不断地追求与争取的过程之中，因此他的目标不断地向远处推移。这种人的快乐可能少，但成就可能大。

苦乐全凭自己判断，这和客观环境并不一定有直接关系，正如一个不爱珠宝的女人，即使置身在极其重视虚荣的环境，也无伤她的自尊。拥有万卷书的穷书生，并不想去和百万富翁交换钻石或股票。满足于田园生活的人也并不艳羡任何学者的荣誉头衔，或高官厚禄。

你的爱好就是你的方向，你的兴趣就是你的资本，你的性情就是你的命运。各人有各人理想的乐园，有自己所乐于安享的花花世界。

麦克阿瑟的满分

◎ 吴家凡

美国的西点军校军纪严明，考核严格，一贯以“魔鬼训练营”著称。在这所名噪一时的著名学府，有一个很有意思的考试项目却一直鲜为人知。

这个学校有个规定：每个毕业生在毕业前夕都要经过这样的一项测验：在空旷地带挖一个深洞，里面安置一个高4米、直径为2米的金属圆桶，其内壁光滑无比。受训之人被放进这个圆桶之中，给他一夜的时间，看他能否从圆桶中脱困而出。如果不能通过这项考核，受试者不仅考试成绩算零分，还将会受到一种处罚：被人从上面抛泥土盖顶，埋至半腰深。

自从这个项目设置以来，几乎每个西点军校的毕业生都不能如愿地空手走出这个圆桶，所以，他们在这个项目上的成绩无一例外是零分。零分的纪录一直保持着，直到一个年轻人的出现，才终结了这个无人打破的纪录。这个年轻人在毕业考试时同样也经历了这个非常训练。与别人不同的是，他是一贯喜欢思考的人。当他像别人一样被放置在这个四壁光滑的金属圆桶之内时，他就动起了脑筋：既然设置了这个训练，它充其量也只是一个难题而已，肯定能打破，不然，设立这样一个项目毫无意义。可是，面对这个没有任何着力点的金属圆桶，人高马大的他同样也没有办法超越生理上的极限，根本不能空手从这只金属圆桶里脱困而出。他在这只桶里待了整整一夜。第二天，主考官见到他与以前的那些被考核者一样仍然无法走出圆桶，就让手下的士兵向金属圆桶里抛掷泥土。这时，刚刚还很平静的他立刻站了起来，他并没有像别人一样等着泥土抛洒的惩罚，而是左右闪动身体，并迅速地把那些泥土踏在脚下。

不一会儿，出人意料的情景出现了：那些抛下的泥土在他的精心堆积下，竟成了一个越来越高的土堆。

随着上面抛洒的泥土越来越多，他脚下的土堆也越积越高。终于，他站在那个土堆上，双手搭在金属圆桶的边沿，成功地脱困了。当他翻身站立在金属圆桶之上时，主考官走上去握着他的手祝贺说，恭喜你！你在这项考核中获得了满分。

原来，作为一个人，若是不借助工具的话，是根本无法直接从那个内壁光滑的金属圆桶中脱困的。所以，上面抛洒下来的泥土就是惟一的工具，就看应试者能否把握住这一点。那一年，他——道格拉斯·麦克阿瑟以98.14分的总平均积分从西点军校毕业。据说这是西点军校25年来的毕业学员中分数最高的。

人生中难免会遇到类似于此的困境，坐以待毙只是懦夫的行径。惟有智慧而积极地因地制宜，化危机为转机，才能获得人生考试中的满分。

领袖的诞生

◎薛　涌

女儿在美国上学，从来没听说有什么班干部。第一年上学前班，老师给全班同学分配任务：有的是把门人，即孩子们列队进教室时把门打开，等全班进去后再关上；有的是领队，走在第一个，引导全班进入教室，非常威风。可想而知，孩子们都想当领队，不想当把门人。不过，这些角色，从来是每个人轮流，绝对平等，目的是教育孩子，每个人都要给大家服务，对别人都应该尽责任。这大概也是培养集体精神的第一步吧。

女儿上二年级后，这套把戏没有了。班里照样没有学生干部。不过，人是权力的动物，从小就希望当头头，支配别人。上午有一个20分钟的课间休息时间，一个年级的孩子在游乐场自由活动，小小的权力角逐就从这里开始了。

女儿班上一位叫阿历克斯的男孩，组织起一个虫子俱乐部。女儿喜欢自然，赶快去参加。结果她发现阿历克斯把自己封为老板，另一个女孩是副老板，还有一个是老板助理，她则是个普通雇员。女儿是个谦和的人，对此并不太介意，跟着玩儿了不少时间。

不过时间久了，女儿觉得自己总听人指挥，有些不耐烦，就决定退出，发起了一个自然俱乐部。这次她可神气了，她当老板，好朋友杰克当副老板，另外一个叫奥莉维娅的女孩当老板助理。

奥莉维娅是个典型的孩子王，什么事情都要按自己的主意办，从来不甘居人下。她怎么可能安心当老板助理呢？果然，几天后俱乐部权力就发生了变化。女儿规定，要给手下人评分，根据工作成绩确定职位。他们的主要工作就是捡树叶、拾垃圾。那个奥莉维娅特别机灵，马上捡了许多，比杰克的成绩好。女儿找到杰克，问是否应该让奥莉维娅当副老板，他当老板助理。杰克无话可说，只好同意。过了几天，杰克宣布退出，自己另立一个快乐俱乐部。

这个小小的游乐场，不知道有多少这样的俱乐部。孩子们自由活动的时间有限，不能什么都参加，所以俱乐部之间就要竞争。你想当头儿，就得发起一个俱乐部，并能把持俱乐部的领导权。同时，你要能吸引人来参加。可想而知，成为领袖要有几个条件。第一，你自己要比较有人气，人家愿意和你玩儿；第二，你发起的俱乐部要比较有意思，能够吸引人；第三，你要比较能干，会管理，能服人。那个奥莉维娅，就是这么一个人物。她常常带一些小东西分给小朋友，而且主意特别多，许多孩子都喜欢和她玩儿。另外，我们还参加了一个包括她父母在内的家长俱乐部。奥莉维娅的母亲讲起自己女儿来说："一次，奥莉维娅组织一个音乐剧，开始时她特地停下录音机里的音乐，问大家是否都能跟上。这显示了她对别人的关心，显示了她的领袖才能。"

我当时听到"领袖才能"一词，心里一惊：常青藤的教育中总是念念不忘领袖才能。学校游乐场上，实际上许多孩子都在为确立自己的领袖位置而努力。和我们小时候班干部的法则不同的是，这些孩子都懂得自己是不是领袖，不在于老师怎么评价，而在于小伙伴们是否认同。一个领袖，必须能照顾他人的利益，给大家带来福利。

美国的生机是基层自治，一切事情要靠自己解决。比如你到一些偏远的小镇就会看到：政府是业余的，消防队没有什么经费。所有的消防队员，都是当地的志愿人员，一切组织得井井有条。这里体现的不仅是制度，还有习惯。这种自我组织的习惯，必须从小养成。记得"9·11"时，第四架被劫持的飞机上的乘客知道真相后居然一起投票，决定反抗。此事让许多国人感动不已。女儿7岁时在房子里用几个娃娃玩儿游戏，在决定哪个娃娃坐在哪里时，还要问我："爸爸，在这几个中，你投谁的票坐在哪里？"她已经有通过正当程序组织自己玩具的概念了。

要培养未来有责任感的公民，就应该放手让孩子自己组织自己，自己评价自己。没有大人的奖赏，孩子们反而能够懂得如何为自己负责，如何当领袖。

生命的药方

◎ 胡建国

德诺10岁那年因为输血不幸染上了艾滋病，伙伴们全都躲着他，只有大他4岁的艾迪依旧像从前一样跟他玩耍。离德诺家的后院不远，有一条通往大海的小河，河边开满了五颜六色的花朵，艾迪告诉德诺，把这些花草熬成汤，说不定能治他的病。德诺喝了艾迪煮的汤，身体并不见好转，谁也不知道他还能活多久。艾迪的妈妈再也不让艾迪去找德诺了，她怕一家人都染上这可怕的病毒。但这并不能阻止两个孩子的友情。

一个偶然的机会，艾迪在杂志上看见一则消息，说新奥尔良的费医生找到了能治疗艾滋病的植物，这让他兴奋不已。于是，在一个月明星稀的夜晚，他带着德诺，悄悄地踏上了去新奥尔良的路。他们是沿着那条小河出发的。艾迪用木板和轮胎做了一个很结实的船，他们躺在小船上，听见流水哗哗的声响，看见满天闪烁的星星，艾迪告诉德诺，到了新奥尔良找到费医生，他就可以像别人一样快乐地生活了。不知漂了多远，船进水了，孩子们不得不改搭顺路汽车。为了省钱，他们晚上就睡在随身带的帐篷里。德诺咳得很厉害，从家里带的药也快吃完了。这天夜里，德诺冷得直发颤，他用微弱的声音告诉艾迪，他梦见二百亿年前的宇宙了，星星的光是那么暗那么黑，他一个人待在那里，找不到回来的路。艾迪把自己的球鞋塞到德诺的手上："以后睡觉，就抱着我的鞋，想想艾迪的臭鞋还在你手上，艾迪肯定就在附近。"

孩子们身上的钱差不多用完了，可离新奥尔良还有三天三夜的路。德诺的身体越来越弱，艾迪不得不放弃了计划，带着德诺又回到家乡。不久，德诺就住进了医院。艾迪依旧常常去病房看他，两个好朋友在一起时病房便充满了快乐。他们有时还会合伙玩装死游戏吓医院的护士，看见护士们上当的样子，两个人都忍不住大笑。艾迪给那家杂志写了信，希望他们能帮忙找到费医生，结果却杳无音讯。

秋天的一个下午，德诺的妈妈上街去买东西了，艾迪在病房陪着德诺，夕阳照着德诺瘦弱苍白的脸，艾迪问他想不想再玩装死的游戏，德诺点点头。然而这回，德诺却没有在医生为他摸脉时忽然睁眼笑起来，他真的死了。

那天，艾迪陪着德诺的妈妈回家。两人一路无语，直到分手的时候，艾迪才抽泣着说："我很难过，没能为德诺找到治病的药。”德诺的妈妈泪如泉涌：“不，艾迪，你找到了。”她紧紧地搂着艾迪，“德诺一生最大的病其实是孤独，而你给了他快乐，给了他友情，他一直为有你这个朋友而满足……”

三天后，德诺静静地躺在了长满青草的地下，双手抱着艾迪穿过的那只球鞋。

芹菜园

(美国)威廉·萨罗扬

8月的一天，阿尔·康德拉杰身无分文在伍尔沃思店里闲逛，看见一把小铁锤，那不是一个玩具锤，而是他渴望得到的一把真锤子。他相信这正是他需要的东西，他可以用它来打破无聊，并做些什么。他已经从弗利包装厂收集了一些头等铁钉，那里做箱子的工人们漫不经心丢掉的铁钉起码值15美分。在他看来，像这样的钉子一枚都不应该浪费。他相信，有了这把10美分的铁锤，他就能用黄杨木和钉子做出东西来。

他拿了锤子，悄悄往罩衫口袋里塞，但就在这时候，有人紧紧地抓住了他的手臂，把他推进商店后面的一间小办公室里。办公室里有个人，年纪稍大，正坐在办公桌后处理文件。办公桌后的那人站了起来，上下打量阿尔·康德拉杰。“他偷了什么？”“一把锤子。”抓住他的年轻人愤怒地看着阿尔·康德拉杰。“拿出来。”他命令说。男孩从口袋里拿出锤子，递给年轻人。年轻人说：“我应该用锤子砸你的头。”那个年纪稍长者坐下来继续工作。当他再抬起头来看阿尔·康德拉杰时，男孩已在办公室里站了15分钟了。阿尔说：“我没打算偷。我只是需要锤子，但没有带钱。”“没有钱并不意味你有偷东西的权利，”那人说，“喏，是不是这样？”“是，先生。”“那么，我该怎么处理你呢？把你交给警察？”阿尔闭口不言，但他当然不想被交给警察。他恨这个人，但同时他意识到，换个人可能比这人要粗暴得多。“如果我放你走，你能保证永不再到这店里偷东西吗？”“我保证，先生。”

他自由后做的第一件事是放声大笑，但他知道自己被羞辱了，感到深深的惭愧。拿不属于自己的东西不是他的本性。他恨抓住他的那个年轻人，恨那个让他在办公室里默默站了很长时间的商店老板。那个年轻人说他应该用锤子砸他的头时，他恨得要命。

阿尔走过三条街后，决定不马上回家，于是他转身又朝镇上走去。他几乎相信自己是打算回去对那个抓他的年轻人说些什么。然而就在这时，他又不敢肯定，他是不是想回去再偷那把锤子，而这次不会被抓。不管怎么说，既然他已被认为是个贼，他至少就应该从商店拿走那把锤子。然而，到了商店的外面，他却失去了勇气。他站在大街上往商店里看，看了至少有10分钟。接下来，他气馁了，彷徨了，自己感到十分惭愧，由于没有足够的勇气回去做偷盗的事，他又开始往家走，心里十分苦恼。到家后，他惭愧得没有进门，而是在院子后面的一个水龙头那儿喝了好一阵子水。

妈妈每年都种些东西：黄秋葵，灯笼椒，西红柿，黄瓜，洋葱，大蒜，薄荷，茄子和西芹。这个水龙头就是她用来浇水的。母亲称她操持的整个园子为“芹菜园”。夏天的每个晚上，她都要把椅子搬到屋子外面，放在桌子的周围。她总是坐在桌前，享受菜园子的凉爽，闻她种植和照料的这些蔬菜发出的气味。阿尔喝了好一阵子水后，坐到正在生长的芹菜地里，从地里拔出一把芹菜，慢慢地嚼。随后他进了屋，告诉了妈妈发生过的事情。他甚至告诉了妈妈他被放了以后脑袋里还想着要干的事：回去再偷那把铁锤。“我不愿意看到你去偷东西，”母亲结结巴巴地说，“这有10美分，你回去，把钱给那个人，把那把锤子买回来。”“不，”阿尔？康德拉杰说，“我不会拿您的钱去买我并不真正需要的东西。我只是想我该有把锤子，这样我就可以做我觉得喜欢的东西了。我弄来了很多钉子，还有一些黄杨木，但没有铁锤。”阿尔走出去，坐在台阶上。他蒙受的耻辱现在开始真正使他心痛了。他决定沿铁路线漫步到弗利的包装厂去，因为他需要再考虑一下这件事。

在弗利的包装厂，他看约翰尼·盖尔钉木箱足有10分钟，但约翰尼忙于干活没有注意到他，或者没空跟他说话。约翰尼干活用一把制箱工匠的短柄斧，弗雷斯诺的人都说他是镇子上干活最快的制箱工匠。阿尔·康德拉杰终于又抬脚回家了，因为他不想让正在勤奋工作的人注意到有人在盯着自己看，也许还会对那人说："快，快敲。"他不想要约翰尼·盖尔这样做。他不想招来另一次羞辱。

妈妈早上5点起床的时候，阿尔不在家了。他是个不安分的孩子，每个夏天都不停地到处活动。他总是做错事，并为此吃苦头。他刚试着偷东西就被抓住了，为此他很烦恼。妈妈准备好早饭，匆忙赶去工作了。妈妈回家走进园子时已近9点，她看见儿子用锤子把几片黄杨木板钉到一起在做什么东西，看起来是在做板凳。他已经浇了园子，清扫了余下的场地，这个家看起来挺棒的。儿子看上去很认真，也很忙。

"你在哪儿弄到的锤子，阿尔？"妈妈问。

"在商店。"

"怎样弄到的？偷的？"

阿尔·康德拉杰做好了板凳，并坐在了板凳上。"不是，"他回答说，"我没偷。我在商店工作换来的。"

"咳，那就好了，"妈妈说，"你为那小锤子干了多长时间？"

"一整天。"阿尔说："我干了一小时后，克莱默先生就给了我这把锤子，但是我一直接着干下去。昨天抓我的那个家伙教我怎样干，不过一天的工作结束时他把我带到克莱默先生的办公室，告诉克莱默先生说我干活很努力，起码应该得到1

美元。所以，克莱默先生在他的办公桌上给我放了1美元，然后那个家伙对他说，商店里每天都需要像我这样的男孩，工钱每天1美元。克莱默先生说我可以得到这份工作。”

“太好了，”妈妈说，“你可以为自己挣点钱了。”

“我没有拿克莱默先生桌上的钱，”阿尔·康德拉杰说，“我告诉他们俩，我不想要这份工作。”

“你为什么说这话？”妈妈说，“一天1美元对一个11岁的孩子来说是一大笔钱。你为什么不接受工作？”

“因为我恨他们俩，”孩子回答，“我只看着他们，拿起我的锤子，走出了店门。回到家我就做了这个板凳。”

阿尔·康德拉杰坐在他自己做的板凳上，闻着芹菜园里的芳香，不再感到受辱了。

有一种美丽叫放弃

佚　名

每一次默默的放弃，放弃某个心仪已久却无缘份的朋友，放弃某种投入却无收获的事，放弃某种心灵的期望，放弃某种思想，这时就会生出一种伤感。然而这种伤感并不妨碍我们去重新开始，在新的时空内将音乐重听一遍，将故事再说一遍！因为这是一种自然的告别与放弃，它富有超脱精神，因而伤感得美丽！

曾经有种感觉，想让它成为永远。过了许多年，才发现它已渐渐消逝了。后来悟出：原来把握在手的不一定就是我们真正拥有的，我们所拥有的也不一定就是我们真正铭刻在心的！继而明白人生很多时候需要一种对宁静的关照和自觉的放弃！

世间有太多的美好的事物，美好的人。对没有拥有的美好，我们一直在苦苦地向往与追求。为了获得，忙忙碌碌，真正的所需所想往往要在经历许多流年后才会明白，甚至穷尽一生也不知所终！而对已经拥有的美好，我们又因为常常得而复失的经历而存在一份忐忑与担心。夕阳易逝的叹息，花开花落的烦恼，人生本是不快乐的！因为拥有的时候，我们也许正在失去，而放弃的时候，我们也许又在重新获得。对万事万物，我们其实都不可能有绝对的把握。如果刻意去追逐与拥有，就很难走出外物继而走出自己，人生那种不由自主的悲哀与伤感会更加沉重！

明白的人懂得放弃，真情的人懂得牺牲，幸福的人懂得超脱！当若干年后我们知道自己所喜爱的人仍好好地生活，我们会更加心满意足！“我不是因你而来到这个世界，却是因为你而更加眷恋这个世界。如果能和你在一起，我会对这个世界满怀感激；如果不能和你在一起，我会默默地走开，却仍然不会失掉对这个世界的爱和感激——感激上天让我与你相遇、与你别离，完成上帝所创造的一首诗！”

生命给了我们无尽的悲哀，也给了我们永远的答案。于是，安然一份放弃，固守一份超脱！不管红尘世俗的生活如何变迁，不管个人的选择的方式如何，更不管握在手中的东西轻重如何，我们虽逃避也勇敢，虽伤感也欣慰！我们像往常一样向生活的深处走去，我们像往常一样在逐步放弃，又逐步坚定！

仰望一棵树的姿势

红山飞雪

你到过蒙古高原吗？你见过只有一棵树的风景吗？

茫茫的蒙古高原荒凉而贫瘠，强劲的高原风呼啸着，从春刮到冬。经春到夏苦苦生长的小草，刚刚进入秋季，就被山风连根掠走，寸草不见了。山风仍日夜不息地呼啸着，裹挟着杂草和沙砾在高原上哼着凄厉的曲子，蹂躏着高原的生命。失去了植被的保护，高原就裸露在凛冽的山风中，痛苦地呻吟着，艰难地捱着漫长的岁月。土丘被一点一点削平，山石被一点一点风化，有的地方被撕裂开来，形成一道一道深深的沟壑，像是条条塌陷的肋骨。放眼望去，高原茫茫，平缓的线条从眼前漫到遥远的天际，说不上是优美还是忧伤。眼前是光光的黄土，是那些生活在这里的汉子们那光光的脊背;天边是一线赤褐色的迷茫，那是生活在这里的女人们忧伤的眼神。

只有一棵小树成了这里惟一的风景。

如果是在别的地方，它是很难被称之为树的，也许那些拾柴的人都不屑一顾。拳头那么粗的树干裂开道道深深的裂痕，将树干撕裂的体无完肤，像一双双充满焦虑的眼睛，又如一张张呐喊的嘴。山风不断抽打它的躯体，你无法听清它呐喊的声音，更无法和它的眼神对视。枝条短粗而有力，那些嫩芽刚刚生出，就被山风摘去，别在自己的发髻上，呼啸而去。它的躯体扭曲着、抗争着，虽然存活了下来，但却成了一个弯腰弓背的老人。然而，就是这棵丑陋的小树成了这里惟一的风景。

到过这里的人是无法忽视它的存在的，虽然它是那么渺小，那么丑陋。在这寸草难生的荒凉之地，在这山风常年呼啸的高原，有一棵小树立在天地之间，你能不为之动容吗？

眼前这棵小树既不清健挺拔，苗条或婀娜，更谈不上活力，能够吸引我们的也许是精神吧。你看它在山风中那种抗争的姿式吧！一波一波的山风顺着空旷的高原呼啸而来，小树的身躯被压弯了，那短粗的枝条已贴在地面上。狂风带起的沙砾不断击打在它的躯干上，那原本就干枯的躯干被撞击得伤痕累累，有的地方树皮被掀开、刮走，露出皑皑白骨，却不见有汁液渗出，既凄惨又恐怖。狂风稍一停息，小树又倔强地恢复了原来的姿式，顶天立地。像一张拉圆了的弓，又像一只展翅欲飞的雄鹰。

我仰望着这棵小树的姿式，这没有清健挺拔，没有苗条婀娜，也没有龚自珍笔下的“曲美”“欹美”“疏美”的那种文人式的美感，无论如何也难以称之为美的姿式。可是，在我的眼里，黄山的松，西湖的柳，南国的木棉，北疆的白桦都无法与之媲美的。它是这茫茫高原上最为美丽的姿式。它是这满目荒凉的高原上最温情的风景，是这呼啸山风中的一种坚强的精神，是一首嘹亮的生命赞歌。

是的，有了这样一种坚忍不拔的精神，任何艰难之地都会有奇迹发生，任何贫瘠的土地都会有生命存在;有了这样一种充满了生命的姿式，还有什么可以阻挡生命的繁衍与成长呢?

人们有选择生活的权利，但在很多时候，我们很难改变自己的命运。就像那棵小树那样，生长在一个极其恶劣的环境中，是坚强得生存下来，还是像那些小草一样随风而逝？消失了，不会引起任何人的注意，像空中的一缕清风，像角落里的一粒尘埃;坚强的活下来，乐观的面对困难，在困境中成就一方风景，昭示了生命的尊严，也阐释了生命的意义。

我仰视着那棵小树的姿式，我看见那张拉圆的弓射出了冲天的响箭，我看见一只雄鹰直冲霄汉……

刺槐

◎蓝天

六月的一个傍晚，闲来无事信步来到了公园，久违的槐花香味扑鼻而来，寻味找去，在公园的一角发现了几棵坠满白花、紫花的刺槐，仰望着那一串串倒挂如玉般的槐花，忍不住轻轻摘下一朵塞进嘴里，顿觉清香满口。细细品味，除了甜，还有淡淡的涩，品味之时，尘封在我记忆深处的打槐花的情景，又由此在我的脑海里浮现出来。

六十年代末，我们家下放那年，我刚满十四岁，在我印象中槐树在我们的庄子中最多，而每年当庄家青黄不接的时候，槐花便成了各家餐桌上的主粮。刺槐在我们庄子里随处可见，刺槐的枝杆上有很多尖尖的刺，叶子呈椭圆形，不管树大树小，到了开花的节气它都星星点点地挂了满树枝，槐花与其他桃树、梨树、李子树等相比，不算醒目，当一阵风吹过，它如雪花般飘飘洒洒，把桃花、梨花全都比了下去。

到了这个时候，村里小一点的孩子喜欢拎着个柳条篮子到树下捡槐花，半大的孩子则猴似地爬上树，一手忍着槐针的刺痛，一手握着槐花的柔情，摘下一串串嫩芽，你一串，我一串地塞进嘴里。我打槐花是迫于无奈，那时家里已断了粮食，为了填饱肚子，在村里的姐妹们带领下，我同样找了根长竹竿，用铁丝做成钩子绑在竹竿上，然后一手拿竿一手提篮，大家一行来到了槐树下，槐花淡淡的清香弥漫在空气中，那倒挂一串串如玉般的槐花，像一串串玲珑剔透的项链，繁繁地镶嵌在树梢上，白的万分纯洁，紫的百般妩媚，一阵风吹过，悠悠地荡漾在绿叶下;又仿佛一串串风铃，传唱着美丽的童谣，讲述着槐花的传说。然而槐花的美景并没有留住农村姑娘们的竹竿，一串串槐花在她们的铁钩下如雪般地掉了下来，洒落一地，槐花的美感实在让我不忍下手，在伞般的树阴下，我丢下竹竿，在地上捡起一朵朵落英缤纷的槐花，到家后母亲把槐花洗净，用少许面粉和槐花搅拌在一起，然后拍成圆圆饼，贴在锅心放着水的铁锅里，随着温度的升高，槐花饼诱人的清香弥漫了整个屋子，槐花饼不但闻得香，吃在嘴里甜中带点苦，还有一丝清凉，村子里的人说槐花不但好吃，而且清凉败毒，消暑祛火。

其实在那个年代，在那个穷乡僻壤的农村，什么清凉？什么消暑？对我们来说并不重要，只要能填饱肚子也就是最大的奢侈了。几十年过去，岁月已经将粉蒸槐花、槐花豆腐、槐花饺子、包子、槐花饼等历史，永远地尘封在了我们这一代人的记忆里。

未有天才之前

——1924年1月17日在北京师范大学附属中学校友会讲

鲁 迅

我自己觉得我的讲话不能使诸君有益或者有趣，因为我实在不知道什么事，但推托拖延得太长久了，所以终于不能不到这里来说几句。

我看现在许多人对于文艺界的要求的呼声之中，要求天才的产生也可以算是很盛大的了，这显然可以反证两件事：一是中国现在没有一个天才，二是大家对于现在的艺术的厌薄。天才究竟有没有？也许有着罢，然而我们和别人都没有见。倘使据了见闻，就可以说没有；不但天才，还有使天才得以生长的民众。

天才并不是自生自长在深林荒野里的怪物，是由可以使天才生长的民众产生，长育出来的，所以没有这种民众，就没有天才。有一回拿破仑过Alps山，说，“我比Alps山还要高！”这何等英伟，然而不要忘记他后面跟着许多兵；倘没有兵，那只有被山那面的敌人捉住或者赶回，他的举动，言语，都离了英雄的界线，要归入疯子一类了。所以我想，在要求天才的产生之前，应该先要求可以使天才生长的民众。——譬如想有乔木，想看好花，一定要有好土；没有土，便没有花木了；所以土实在较花木还重要。花木非有土不可，正同拿破仑非有好兵不可一样。

然而现在社会上的论调和趋势，一面固然要求天才，一面却要他灭亡，连预备的土也想扫尽。举出几样来说：

其一就是“整理国故”。自从新思潮来到中国以后，其实何尝有力，而一群老头子，还有少年，却已丧魂失魄的来讲国故了，他们说，“中国自有许多好东西，都不整理保存，倒去求新，正如放弃祖宗遗产一样不肖。”抬出祖宗来说法，那自然是极威严的，然而我总不信在旧马褂未曾洗净叠好之前，便不能做一件新马褂。就现状而言，做事本来还随各人的自便，老先生要整理国故，当然不妨去埋在南窗下读死书，至于青年，却自有他们的活学问和新艺术，各干各事，也还没有大妨害的，但若拿了这面旗子来号召，那就是要中国永远与世界隔绝了。倘以为大家非此不可，那更是荒谬绝伦！我们和古董商人谈天，他自然总称赞他的古董如何好，然而他决不痛骂画家，农夫，工匠等类，说是忘记了祖宗：他实在比许多国学家聪明得远。

其一是“崇拜创作”。从表面上看来，似乎这和要求天才的步调很相合，其实不然。那精神中，很含有排斥外来思想，异域情调的分子，所以也就是可以使中国和世界潮流隔绝的。许多人对于托尔斯泰，都介涅夫，陀思妥夫斯奇的名字，已经厌听了，然而他们的著作，有什么译到中国来？眼光囚在一国里，听谈彼得和约翰就生厌，定须张三李四才行，于是创作家出来了，从实说，好的也离不了刺取点外国作品的技术和神情，文笔或者漂亮，思想往往赶不上翻译品，甚者还要加上些传统思想，使他适合于中国人的老脾气，而读者却已为他所牢笼了，于是眼界便渐渐的狭小，几乎要缩进旧圈套里去。作者和读者互相为因果，排斥异流，抬上国粹，那里会有天才产生？即使产生了，也是活不下去的。

这样的风气的民众是灰尘，不是泥土，在他这里长不出好花和乔木来！

还有一样是恶意的批评。大家的要求批评家的出现，也由来已久了，到目下就出了许多批评家。可惜他们之中很有不少是不平家，不像批评家，作品才到面前，便恨恨地磨墨，立刻写出很高明的结论道，“唉，幼稚得很。中国要天才！”到后来，连并非批评家也这样叫喊了，他是听来的。其实即使天才，在生下来的时候的第一声啼哭，也和平常的儿童的一样，决不会就是一首好诗。因为幼稚，当头加以戕贼，也可以萎死的。我亲见几个作者，都被他们骂得寒噤了。那些作者大约自然不是天才，然而我的希望是便是常人也留着。

恶意的批评家在嫩苗的地上驰马，那当然是十分快意的事；然而遭殃的是嫩苗——平常的苗和天才的苗。幼稚对于老成，有如孩子对于老人，决没有什么耻辱；作品也一样，起初幼稚，不算耻辱的。因为倘不遭了戕贼，他就会生长，成熟，老成；独有老衰和腐败，倒是无药可救的事！我以为幼稚的人，或者老大的人，如有幼稚的心，就说幼稚的话，只为自己要说而说，说出之后，至多到印出之后，自己的事就完了，对于无论打着什么旗子的批评，都可以置之不理的！

就是在座的诸君，料来也十之九愿有天才的产生罢，然而情形是这样，不但产生天才难，单是有培养天才的泥土也难。我想，天才大半是天赋的；独有这培养天才的泥土，似乎大家都可以做。做土的功效，比要求天才还切近；否则，纵有成千成百的天才，也因为没有泥土，不能发达，要像一碟子绿豆芽。

做土要扩大了精神，就是收纳新潮，脱离旧套，能够容纳，了解那将来产生的天才；又要不怕做小事业，就是能创作的自然是创作，否则翻译，介绍，欣赏，读，看，消闲都可以。以文艺来消闲，说来似乎有些可笑，但究竟较胜于戕贼他。

泥土和天才比，当然是不足齿数的，然而不是坚苦卓绝者，也怕不容易做；不过事在人为，比空等天赋的天才有把握。这一点，是泥土的伟大的地方，也是反有大希望的地方。而且也有报酬，譬如好花从泥土里出来，看的人固然欣然的赏鉴，泥土也可以欣然的赏鉴，正不必花卉自身，这才心旷神怡的——假如当作泥土也有灵魂的。